U0888517

江南

徐春芳◎著

安徽师范大学出版社
ANHUI NORMAL UNIVERSITY PRESS
· 芜湖 ·

图书在版编目(CIP)数据

江南 / 徐春芳著. —芜湖:安徽师范大学出版社,2020.11
ISBN 978-7-5676-4727-5

Ⅰ.①江… Ⅱ.①徐… Ⅲ.①诗集-中国-当代 Ⅳ.①I227

中国版本图书馆CIP数据核字(2020)第211441号

江　南
JIANGNAN　　　　徐春芳◎著

责任编辑:何章艳　　　　责任校对:孙新文
装帧设计:张　玲　　　　责任印制:桑国磊
出版发行:安徽师范大学出版社
　　　　芜湖市九华南路189号安徽师范大学花津校区
网　　址:http://www.ahnupress.com/
发 行 部:0553-3883578　5910327　5910310(传真)
印　　刷:江苏凤凰数码印务有限公司
版　　次:2020年11月第1版
印　　次:2020年11月第1次印刷
规　　格:700 mm ×1000 mm　1/16
印　　张:22.75
字　　数:350千字
书　　号:ISBN 978-7-5676-4727-5
定　　价:98.00元

凡安徽师范大学出版社版图书有缺漏页、残破等质量问题,本社负责调换。

作者简介

徐春芳，1976年生于安徽省望江县。中国作家协会会员、中国诗歌学会会员。已出版诗集《颂歌》《雅歌》，散文集《风从故乡来》，作品被翻译成英语、意大利语、希腊语、阿拉伯语、罗马尼亚语等多种文字。获黎巴嫩国际文学奖、安徽省社会科学奖（文学类）、《山东诗人》年度诗人奖、“中国网络诗歌20年”创作奖、首届“安徽诗歌奖·最佳诗人奖”、东西方诗人奖、全国鲁藜诗歌奖等国内外一系列奖项。其诗歌作品以爱情与生命感悟为题材，继承和发扬了现代中国浪漫主义诗歌的优良传统，以诗的语言直抵生活的本质和灵魂的深处，具有打动人心的魔力。

自　序

诗写多了，我反而不习惯在诗外说话。我的诗观是——

我手写我口，什么流派都放下。

我诗绘我心，万象森罗来说话。

我从来不觉得我的诗歌是浪漫主义的，或者是现代主义后现代主义的。对我来说，什么流派，都是枷锁；什么印象，都是浮云。我只是喜欢写自己内心的东西，写自己的生活和心灵的行云流水，从这点来说，不如说我是现实主义的。当然，一些评论家从方便解读的角度出发，给我贴上这样那样的标签，也没什么不可。

我常说，写作只是我的业余爱好，调节生活的业余爱好，从大学以来就坚持至今的业余爱好。就像有人喜欢打牌，有人喜欢玩网络游戏、玩抖音，有人喜欢钓鱼一样。对我来说，写作是乐趣，是本性，以诗为心，在世间行走。一杯饮红尘，一句惊天下。无为在世间，此为大自在。

诗歌是寂寞的事业。诗歌是我一个人的朝圣。这本诗集是我的第三本诗集，更是我的诗歌漂流瓶，在时光的大浪淘沙里，能够被一两个知音捡起来，能给他们带来爱与美的愉悦，我就心满意足了。

徐春芳

二〇二〇年十月

目录

第一辑　致爱人：相遇很难，一生的爱更难

第四辑　感谢你向我走来:所有的回眸都成了彼岸

第五辑　时光的云烟:整夜在天空里孤独地徘徊

第七辑　人间味：只有爱，有着秋天红柿子的蜜浆

第九辑　足迹:大自然的颂歌在风和树枝上回响

赠内

—

红枫叶

—

两同心

—

长相思

—

我和你

—

……

第一辑

致爱人：相遇很难，一生的爱更难

赠　内

我和你在一起的日子
月亮也圆了二百四十多回
添了两个儿子，和一个小家
眼前的灯火流淌着迷醉

你的手有着新剥荔枝的温柔
你手上的香气，散发着人间的幸福
耳朵倾听着阳光白花花的呐喊
灵魂的钥匙打开梦想的乐曲

相遇很难，一生的爱更难
记忆的老虎落光了牙齿
走过的路何其蹒跚和修远

月光在我们脸上添了一层釉
那是点燃的憧憬在飞溅——
梅花和白雪落满庭院

红枫叶

无论二月，还是十月
红色的云朵酝酿着离歌
当我走近你，才发现
我沉吟的影子盘踞着受伤的蛇

曾有人赠我以红叶——
上面浸染了相思的颜色
树校对着青春时光的寂寞
在那里，微风曾擦亮你我的喜乐

树枝抱向我，如你酥手荡过的秋千索
很多事，可说，亦不可说——
人生开始在头顶种下霜雪
枝头回望的笑靥还没结束漂泊

相看永不厌

第一眼，感觉与你熟悉多年
第二眼，雪山涌出了清泉
第三眼，深山啼响了杜鹃
第四眼，春汛拍打着小河沿
第五眼，我的身体升腾起火焰
第六眼，我漂流在海里找不到岸
第七眼，镜中花凋零在
　　梦想的呼喊
第八眼，灵魂的翅膀
　　颤抖着前世的悲欢
第九眼，一钵泪水荡漾着遗憾
第十眼，一回眸已成永远

赭山顶上看月亮

赭山顶上看月亮——
二十年前的月亮多么明亮
二十年后的月亮依旧清凉
只是老了看月亮的脸庞

两同心

多少往事一杯酒

细雨梳理花朵的寂寞
流水的弦上弹着——
长长短短的别夜和欢乐

见不到你——
小径无人春草深
和你一起——
欢声笑语伴明灯

醉眼里的身影已经朦胧
晨钟敲醒了枕上的旧梦
丁香和杨柳期待着春风

家居俳句

一

娑婆爱重难自弃

笑颜稚子糟糠妻

二

老鼠精钻无底洞

带发僧坐读书灯

三

平生最爱拈花禅

心印水风四月天

四

我身皮囊正衰朽

多少红粉成骷髅

五

月下醉品花阴露

一觉窗外鹧鸪啼

六

锦瑟心事不可弹

盲女瞎象问前缘

七

细嚼少游蔷薇句

飘来心雨又丝丝

八

弹指已过四十年

几句新诗慰衰颜

你是凶手

你是凶手，犀利的眼神
刀锋般直刺我的心脏
我荒凉而清辉闪耀的青春
因你的残暴而彻底埋葬

你是女神，在童话里降临
送我一盏可实现梦想的神灯
那些收藏的明月夜和梅花香
荡漾着美酒一样热烈而沉醉的光阴

献给爱人的诗

我的记忆是一扇“吱呀”打开的大门——
里面有我珍藏的珠宝，你的香气和笑靥
我的日子是你的黑眼睛——
闪着宝石的光亮，响着玫瑰色的音乐
我的悲愁是你的眼泪——
有着丁香花上露珠闪耀的垂怜
梦想是你江山如画的身体——
有着樱花和白雪，红酒的甘甜
你是我倦飞时回归的鸟巢——
在岁月的风雨里，有着稻草和夕阳的暖
你的爱语，你的灵魂——
是我的烦恼和饥饿
是我生命的粮食和水
是我爱的一切

短　句

一

让人觉得伤感的是——

一夜卧听芭蕉雨

袅袅吹来落花风

二

荷花塘边飘落的梧桐树叶

在空气里流浪的桂花香

——构成了秋天的颜色

三

日子是怎么过去的？

白发悄悄爬到头顶上

参加的葬礼也有上百次

四

人生里可宝贵的事情——

中秋月，家人的笑靥

深夜里展读全唐诗、金刚经

| 长相思

我花费一生也没有擦掉——
你梅雨般留在我心上的霉苔和潮湿

我像磨一块砖头一样研磨自己的肉身
我能否将梦想研磨成铜镜的光芒？

青草和晨光祝福过我们
古老而炽热的信仰，两条游鱼
尾巴反反复复剪破宁静的水面
我不想赞美你香肌温润的滋味

耳朵里燃起大火。惊慌的歌谣
鸽群一样纷纷在阳光下逍遥
翅膀搬动天空，少年的、中年的天空
那些仰望的星辰闪烁着怎样的荣耀？

你不好奇吗？往日的痕迹
有着小黑猫瞳孔里散发的神秘

月下的密约，打开青春的钥匙

独处时，房门合上了锋利的牙齿
我被家的慵懒和安逸消化着
慢慢没有了面孔，你会不会记得我的样子？
如镜湖边的柳条轻拂过你的头发
我曾在你的贝齿和笑涡里得到整个世界

旧时光偏爱的花朵，弹拨着吉他——
一场舞会结束后，人们需要回到自己的家

我和你

我对你的爱
如用手摸通红的炭火
我对你的心
如霜染后的红枫叶

你不在的时候
我有着古井爬满青苔的寂寞
我们相拥的时刻
灵魂的波浪相互唱和

心动辞

赭山中，钟声还没有疲倦
响在松枝和夕阳的光线上
它尖尖的嗓音，召唤深入岩石
内部的寂静，和我高耸如古塔的信仰

一只鹧鸪穿越江南烟柳的韵脚
春天的快乐，是枝上摇曳的海棠
盐腌的鱼干上挂着干枯的梦想
怀乡的曲子拍打着人生的船舱

二十多年前，我还是少年
你的微笑，是我清扫不尽的烦恼
你的裙角，让我心乱如青草
在你手指上，我的身体拨动沉醉的琴弦

你是我的苦涩，在唇齿间踉踉跄跄
一个酒鬼的伤心，悄悄涌起潮汐
很快就卷走我们脚印盖上的时光

留下几只空贝壳，如掏空了的秘密

我的眷恋。李商隐无题诗和婉约词
我的抱怨。落叶和积雪融化后的小溪
我的寂寞。断了几根线在风中飘动的蛛网
我的遗忘。在一片红叶上留下泪痕和风迹

一棵树逃不脱荣枯

一棵树逃不脱荣枯
一个人也逃不脱死亡
无论童年的游戏、老年的白发——
都会消失在尘世的悲伤

你的吻——春天的红花般热烈
你的手——藤蔓般缠住我身体的树
无论傍晚的风、清晨的日出——
你都是我心里最美的诗句

你唇边的笑涡——优美的辞藻
在爱里，人生的痛苦多么微不足道

那　年

那年
我们十七岁
站在春天的垂柳下面
看着化龙河的潺潺流水

如今
我四十岁了
独自坐在小河沿
倾听流水与野花的喧闹

记忆的雨滴

在细雨洗亮的废弃铁轨上
你轻轻挣脱我牵着你的手
你没有悲伤
我没有欢喜

火车开进记忆的尽头
你的身影不会再刻在出站口
我的渴望一寸寸瘦下去
我的心，装满了碎片的纸篓

你没有悲伤
我没有欢喜
白杨叶越落越稀
雨声越下越急

流　年

依旧记得
你如柠檬一样清清的寂静
一转身
已听过了二十多年的江声

那些年的风
带着淡淡的栀子花香
还有你微笑时的清凉

你如藕的拥抱是温暖我的围巾
你的脚步在我的白发上押韵
那是此刻，最苍茫的黄昏

你在我心里，像怀念，像祈祷
像无法晾干的雨丝和泪滴

锦瑟华年

你不会消失，在我记忆丧失之前
你的圆杯，你的甘露
你发间的清香，都在安慰我

给梦想一个葬礼，在坟墓上洒满白花
等了你很久，怀念已如用旧的玩具
闲置在角落，安静地拥抱灰尘

丨 小夜曲

你是我床头的灯火
你是我唇上的樱桃
你是我掌心的漩涡
你是我雪夜的炭烧

你是我日子里淡淡的栀子花香
你是我生活的充电器
你是我皮肤里的每一寸春光
你是我后来的空巢和雨滴

秘　密

那一刻是多么美好
墙上的钟摆摇晃得也很低调
黑夜的节奏，摩擦着
树影交缠的空虚
月色有些温暖和醉意
你的脸，在沉默里
如池塘的水纹渐渐消散
我想起来的，仅仅是
美人蕉打开的红花
被微风带走了香气
和一些寂静的失落

抵　达

你要让我听的——春夜树梢的细雨
我要对你说的——赭山顶上的明月

那些日子——我的诗句是奔驰的骏马
在千万里山河里“哒哒”作响
那些日子——你的蜜语拍着翅膀
让所有的遇见淡淡着栀子花香

我是干涸河床上乱蹦的鱼
祈祷着你用微笑送来生命的潮汐
你的眼眸钓起我心上的闲愁
夜游的梦里漂浮着星辰和沙鸥

酒醒后，捧起旧时的碎片
几朵花的颜色，组合着已枯萎的春天
剩下我，灵魂如一架空荡荡的秋千
任蝴蝶扑过迷恋的旧时光

平淡的日子

你的唇齿吐出的是春天
你的眼里摇漾着月光
还有往事竹影般的淡痕

梦幻的一束水声飘动了黑发
一两个短句响起怀念的密码

孤独寻找着月夜无瑕的宁静
即将结束的烛火结着斑斑驳驳的黎明

沉思和渴望只是惘然
满眼都是飞鸟无痕的华年

我的痛苦是凋零的樱花
人生的美丽发出无声的叹息

平淡的日子很难看到新鲜事发生
我内心深处冲浪着一头巨大的白鲸

眷　恋

你的眼里，折射我的苍老
你的背影，划过我的长街
破碎的杯子，装不下故乡的云
窗外的雨天，回眸过你的婉约

吃着爆米花，喝着黑咖啡
你的在场，是花事的欢喜
相见开成莲，相思刻成碑
爱的落款，是飘零的红梅

美丽的长发缠过我的手
如今往事只剩一杯酒
在烟雨淋湿天空的背后
还有灯火里誓言的魔咒

蔷薇开在春光的尽头
你的浅笑在我掌心停留
青草深了，一弯红唇如钩

那些日子慢慢在泪水里生锈

眷恋的过往，已无法解释
词语百变的脸，离别的侧面
是蝴蝶的梦，是圆月的药丸
不再穿的衣裳，守着空空的橱柜

爱的余烬

你的名字——
在我舌尖上成冰
你的身影——
大海退潮后散乱的贝壳

曾经，你坐在窗台边的
木沙发旁，自带光芒
梦想的蝴蝶一闪一闪
流淌着我眼睛里的渴望

曾经，你唇上的火焰
点燃了我身体的枝丫
四月花飞舞着红雪
那是灵魂尖叫的芳华

为何翅膀在风里折断？
开过的花落光了颜色
光阴的铁石如此冷漠
我只有在词语里把往事挖掘

旧雨和秋夜

冷雨，又撕开了桂花的香气
秋雨着急地带来旧日的温度

你的头发闻起来像酒心巧克力
你的眼睛闪亮如明月
你的眉毛比春浓，也不需要人画
一面镜子，我被吸进里面
爱的魔咒是前世的魔咒——
我试图理解一盏灯的旺盛与熄灭

赭山顶上的月亮捧出一颗
饱满的荔枝，鲜嫩欲滴
——你青春的嘴唇也是

一双燕子，把柳条当作秋千
天空里的白云涨满我们梦想的帆
夜晚的丝绸撕烂了一点点

秋天在白霜和雁叫里降临
眼泪流出一片灼热的沙漠
当落日和残疾的西风告别

哦，你冰冰的眼眸
是两粒致命的毒药

往事像一堆摆在塑料盆里的脏衣服
怎么揉搓也回不到当初的清新

一些葡萄皮，残存着曾经的甜蜜

一切都是最好的安排

暮春的落花，深冬的衰草
写下的诗句，错过的火车
澄澈的明月，灰尘的烦恼
你和我的相见，爱语与争吵
一切都是最好的安排

荒芜的心，锈蚀的锁
残破的古画，不息的江水
世事时时入棋局
岸柳年年新画眉
一切都是最好的安排

描　述

当我想你的时候
月亮是一滴泪珠
当我拍照的时候
你是晶莹的珍珠

当别人都在赶路
我也不能停下脚步
当人生开始了棋局
我也只能兵来出卒

经过了许多岁月
故乡的老树依旧站在那里
奇迹就是一朵野花
用娇柔伸展着生命的强势

你眼里有着黎明的光亮
满载着鸟鸣和风景的活力

不可以

往事不可以治愈
时间之河不可以拦截
你不可以被美梦留住

细雨说着离别的意义
我被一盏灯火拖累
窗前的光线折叠着衬衣

旧时的香味，旧时的春夜
你掉下的衣扣
让那夜的月光，恍惚如虚构

柳丝的长发飘着我的依赖
二十多年过去了，我还是那么偏执

行走在命运的险境
所有的故事如过眼云烟
只有你的浓眉，装饰我的风景

望　江

那是我心上的一颗痣
那是我灵魂里的种子

在萧瑟秋风中
在绚烂春花里

她笑着，迷人的危险
在青春的不远处
留下了甘香的唇齿

枕上的雨
飘落红艳艳的往事

岁月的水龙头在冲洗
我是万丈红尘里
一枚熟透的果实

青　春

细雨指点着江山
被春花打下的江山

鸟鸣剪着天空的辽阔
我眼里闪耀着火焰

往事新荷一样打开——
那些逝去的也是美好的年代

我的欢乐漪沦在扩散
池塘里倒映着你的笑脸

所有的日子都如初见
在诗里，你是灯火和屋檐

那些难眠时，你的明眸
如星星照亮了我的夜晚

雨霖铃

蝉声里，乌云行走得匆忙
你的背影在细雨里萧索
芭蕉叶上泪珠幼嫩的婆娑
开始了此刻无尽的因果

那天，梅花是你脸上的晨妆
蔷薇在风中颤抖着阳光
浮生如小船在湖面搁浅
千万种心绪叫得荷花红红荷叶田田

我没忘，月光如残雪飘落
那短暂的回眸更让我害怕
我在玻璃窗上抚触雨滑腻的倾诉
进入一封信，你已是模糊的字迹

花开花落，是人世的缘法
残阳在枝头上含笑而不答
世界是蜷缩在黑暗角落里的一只小黑猫

命运不小心就踩了它一脚

青山新添了一笔白头
落款的月光 陈旧而忧伤
我的绝句和日子散发着酒香
让梦中身氤氲了一段花前过往

如天涯

我多年没写过信了
那些情节已经模糊和发黄

唱歌的时候，你嫣然一笑
我像巧克力在夏日高温里融化了

弯弯人生路，叠进一只行李箱
奔跑在拥挤的高铁和机场

多少白头人！
多少无眠、鸥鹭和异乡！

酒喜欢找愁来商量
雨的贝齿，咬痛了我的脸庞
我和孤独，隔着一座太平洋

命运的鞭子——
喜欢追赶没有力气的小羊

好久没有你的消息——
梅花红灿灿的，依然香

雨　中

满天风雨到江城
满屋檐的雨声
像一架漆黑而沉重的钢琴

我的弹奏像醉酒和迷途
隔着雨远望你的神情
深秋里，打开旧日的书信
我的脸陷入安详的险境
那些夜晚，遥远又亲近

林中漫步

在林中，喧闹的小鸟
是测量迷醉和美好的小脚
我用灵魂建筑一个小巢
远离风雨和毒蛇的侵扰

香风修正着心上的音调
幽静——尚未喷发的火山
一只松鼠爬上春天的尾巴
它的步伐——有着天使的庄严

那时，你的目光燃起了烈焰
我这根木炭顿时火光熊熊
山的线条画着流云的寂寞
慢慢成灰的，是我的相思和疼痛

倾杯乐

我一直想象着这样的日子:
你弹琴，我写诗
春风把花朵吹上树枝
两耳不闻窗外事
海棠花的香气迷醉而潮湿
灵魂在交融，让月亮抓紧了绿水

你照镜，我画眉
我摆Pose，你娇痴
这个世界的纷扰和我有什么关系
只要你在我眼前和心里
倒满银杯的快乐
日复一日，杯复一杯
人生的梦想漾起了泡沫
那些美好多么容易消失

窗　外

窗外长日将尽
你的明眸留下斑驳的淡影

落日端上一道漂亮的甜点
当我们拥有甜蜜的初见

我们的灵魂会在何处安居
往事渐渐如老照片变得模糊

烦恼倾泻着瀑布的喧哗
月色在我身上留下多少白色的杏花

我们在一起的二十一年
也将是香草和永远永远

我和你曾站在赭山的古塔下
相牵的手攥紧了鸟鸣里的欢乐

钟声盛开着笑声，我们的幸福之地
如王维的笔端，把山水描绘得温柔而澄寂

俳　句

一

我离开的时候正值落叶飘飞
我归来的时候又是残月低眉
我的生命，一阕婉约动人的宋词

二

我的梦成了露水
在你眼眸里熠熠闪光
拖着诗句的大尾巴狼

三

我和你手牵着手
感受赭山顶上月亮的美好
那已经是二十年前的事了

四

梦想碎了一地
那年的月光

在你发际飘着淡淡香

五

天空的蓝不会对乌云服输

哪怕人生有再多的坏账

我也不会对命运服输

见银杏树落叶，感赋

人与人的相遇，只要几秒钟
我们却走了整整四十年

银杏树啊，曾经是个小姑娘
有过青春，有过齿落发黄

相见只是一瞬间——
我们相互感受对方的光亮

短暂人生，死亡也是奇迹
离去的声音里——永恒在守望

滴答滴

滴答滴，滴答滴——
身体的弦在慢慢松弛

群山的巨蟒聆听着篝火的祷告
站立的人有着遗世的烦恼

我悲伤地看着——
水箱里的游鱼、笼中鸟
它们的眼里扑闪着惊慌

鸟儿饥饿于天空的高
翅膀无法飞离困境
鱼移动的背影迎风闪烁
疲惫撕裂了水晶的泡沫

你走后，心里的温柔下着绵绵细雨
在高铁每小时300公里的速度上
我的回眸转瞬东西——

梅花在黯淡，已成平常景象

我是一只满脸皱纹的苦瓜
徒劳地抱紧身上的尘埃
我走出身体，渡船穿梭于冥河
灵魂打开莲花的颜色

也许在另一个地方
微风的清凉，逝水的明亮
——就是建造的天堂

滴答滴，滴答滴——
搜集的甜蜜在漏孔里流失

寂寞

鸟鸣在树林里响起
大自然的口琴声
落满浓绿的树梢

疲惫的身影
在空荡小径上跌倒
往事解除隐身术
笑着投入我的怀抱

落叶倾斜着沉船
滑翔我留下的脚步
月光投递密封的信件
解码需要梦点燃蜡烛

一只鸟和更多的鸟
倾泻着沉默的雨水
说出的尘世，被遗忘打了麻醉

追　忆

往事，幽灵一样
出没在我的诗中
等待开始泛黄
触摸的手指有点疼痛

似乎被尖锐的烦恼切割
月光里有什么秘密？
追逐的光线四处荡漾
旧日子像电脑突然死机

我坐在钢琴键上倾听
你随手按下伤心的旋律
华年终于抵达枯萎的真理
我坚持的，被遗忘放弃

像一把抓在手里的糖
被无聊的奥义吞食

我被你眼里的火焰炙烤

我被你眼里的火焰炙烤
皮肤发出青木瓜的香味
我在你转身的瞬间坍塌
灵魂躺在黑暗的炼狱边

人生往往在错过中孤独
初见时你巧笑如香雪
藏身在1996年的冬月
一树梅花一树赭山的春天

逝去在记忆里划下重点线
往事撞上了海底的冰川
沉没的每一处疼痛——
证人般目击着悲剧的诞生

你的手

你的手
天鹅的两只翅膀
从我的脸上划过

欢乐扩散在房间
身上的浪花温暖
释放着相聚的永远

青春故乡一样耀眼
耀眼的山花，耀眼的红柿子
泼溅怀恋的火焰

你的手
莲花张开花瓣
包裹着我的灵魂
抵达满脸的春天

感 恩

当年，我最爱的花
是蔷薇和美人蕉
当年，你双手托着脸
坐在我的对面
美丽的挣扎，是圆月和樱花
岁月的剪影，是黑铁的树干
往事多可爱，在眼眸里
湖水翻涌火焰和冰的魔法
你和两个孩子的赐福——
给我天上的甘露，春天的微风
如今，我最爱的花
依旧是蔷薇和美人蕉

相见欢

天天盼着和你相见
天天怀念相遇之缘！

转瞬间，你便在千里之外
月光倒酒，殷勤把我招待

我斜靠在窗台上——
品着幽静的暗夜

裕儿坐在台灯下读书
鲤儿还是小小的孕囊——
在子宫的温暖中成长

你亲手叠过的衣被——
还带着纤手的余温
你在耳边说过的话语——
晚祷一样颤动我的灵魂

那些树枝，只属于春天的花朵
那些幸福，只属于守护的灯火

鸟找到做梦的巢
用一生锻造闪耀的黄金
——我相信会这样！

荷花塘

你的脸，是杏花，还是细雪？

你的面孔，我的面孔
还有闪烁的月光
漂浮在荷花塘波纹上
一声禅钟把我们的心敲响

你的笑容摇漾夏日的荷风
吹起绿波的温存和清凉
在阳光下，爱就像中暑一样
擦过的火星，就是一生的疯狂

你的红唇，是拌上醉红的蜜糖
你的软语，是刚刚酿出的酒浆
荷塘的月色，梅花的暗香
都是我记忆相册的珍藏

青春抡起打铁的大锤

在烧红的肉体上溅起火星
爱命名了樱桃和欢喜的夜晚
你的眼睛，翻腾着长江的风浪

蝴蝶停在花朵的甘露深处
仿佛我耽于梦想的心
我的灵魂，你绣过鸳鸯的锦缎
得到你的抚慰，你祝福的体温

柔软的记忆愉快地盛开——
如今你的脸把我的镜子染得香且白

第二辑

诗歌的光芒：从何时起，她成了你的朋友？

诗的指南针

—

寂寞之诗

—

我和诗

—

诗魂

—

读古诗

—

……

诗的指南针

我是一堵颓圮的墙
淹没在爬山虎的绿色海洋
——这就是诗人的命运

我词语的坚固零件
组装出一架航天飞机
穿梭在宇宙的浩瀚

闪烁的永恒光芒
是乡愁和爱的指南针

寂寞之诗

李白杜甫白居易
开辟了那么广阔的疆域
艾略特博尔赫斯川端康成
用青铜塑造了自己的名字

我的生活里
摆放了那么多的坛坛罐罐
我的词语里
背负了那么多前人的灵感

走在众声喧哗的大街上
我是一个普通得不能再普通的人
在静夜，在灯光下
我是一个头顶上闪耀着光圈的神

我不知道明天的命运会怎样
只能珍惜今晚的樱花和明月
我不知道什么叫作真正的幸福

只能在骷髅上缠绕一束黑发

诗歌的魔术，就是让死亡变活
寂寞的嘴唇，打开秘密的洞穴
为何流过古中国的长江还没有老
让时光的饥渴，不断舔吮新鲜的血液

我和诗

我的眼睛多么近视
翻遍五千年的文字
找不到几句合意的诗

魔鬼怀抱着挣扎的天使
一休和尚走进鱼行酒肆
他的禅是一根枯树枝

春天说起了花期
活泼泼的微风吹着
眼前的开落是什么意思？

词语里隐藏了秘密
水火地风等元素
制造了万物的呼吸

诗与思的舞蹈

在夜晚，星星有自己的秩序
灯火有自己的快乐和思考
包围着诗人的——
是词语疯狂生长的废墟

通往心灵的——
是美酒和燃烧着太阳的天空
重重叠叠的大山——
拦住了我登顶的脚步

雨打芭蕉的流年
在人生里溅落着沉默
回响，加固了摇晃的世界
寒冷的光，是我行走的
身影，清凉了太多的昼夜

诗意的栖居

在山中，月光如松果般滚落
溪水想撕开岩石隐藏的寂静
真实的背后盘旋着密不透风的刺藤
酒杯为故事遗忘的疼痛作证

泥土酝酿着青草和花朵
群山的裂缝朗读着日出日落
沉默的山中，只有松树
只有舔着孤灯的细雨

那是个长着鹿角的梦，款款朝我走来
她朝我惊鸿一瞥，我便痛苦在怀

直升机和枪声呼啸不停
一具臭皮囊里盛着宿命
准备献祭给苦难的竖琴
既然在湿漉漉的星辰下隐居
又何必在乎那些哭泣或化石的心灵

诗　魂

月光咬着朱唇的红樱桃
大地在雾霾和伤心里咳嗽
死者观望晚钟沉默的受难
夜空里繁星的小径更加深幽

在古中国的丝绸和甜美呼吸里
还有白瓷一样的皮肤上
我找到了自己的眷恋和相思
宣纸浸润了徽墨的守候和暗香

梅花和冷月凋残之后
山河露出没有奶汁的瘪乳头
梦想的阿房宫也被焚毁
当竹简成了瘦骨嶙峋的野兽

我的人生，时常和李煜
李商隐、晏几道一起应酬
收集丁香花露上的闲愁

酿出诗句的清凉和醇厚

我的灵魂，引颈高唱的鸳鸯
长歌里盘绕着澄净的水流
你手一拨弦，我心动了——
蓝色时辰扑倒在无端的魔咒

读古诗

古中国描金箱子上的白铜锁
可能用宝马车上的钥匙打开？
在江南，打在芭蕉叶上的细雨——
让我的世界，灵魂的蜂蜜溢了出来

诗人的贫穷

能被拿出来的词语
都摆到灵感的碗碟
还有几克珍藏的诗料
泡开了一壶下午茶

生活怜悯我——
累累若丧家之狗
烦恼找到我——
每一朵都是带刺的花

站在明月里
青山看见我多余
此身草木深
脚下留下浅浅绿

悲剧之诗

拉开人生剧场的大幕
麻醉、无聊是多么丰富

我的视角是一口小井
在波澜不惊里完成生命
我的眼，我的唇，我的心
喜欢在梦想的阶梯上安顿

无法握紧短短的百年
寂寞在白发上打着哈欠
只能消费忏悔和哭泣
蹒跚的身体交给角落里的惘然

生活在公园里留下一把长椅
遗忘或空荡发出闪亮的笑声
诗人是词语抛弃的情人
在远处眼巴巴看着她转身

希望之诗

希望常常对黑夜着迷
也常常在梦中迷失回家的路

你的眼睛湖水般闪耀
时间的波浪依旧温软
你的身影撑开一叶云帆
穿越我人生的浩渺海面

和我一起的旧日子
错过了多少道路
品味了多少孤独
只有家的灯火
能熨烫灵魂里的褶皱和痛苦

夕阳竖起它的金色羽毛
炫耀着人间的大美

变

我的身体——一具破冰箱
骨架发出“嗡嗡”的声响
诉说着迅速变化的无常

我的心——刚啄破蛋壳的小鸡
眼前的一切是那么神奇
阳光搅拌嫩草，就拼出一首诗

哪怕这个世界的公路全部堵塞
我的想象，也会让词语的引擎飞起来

写作状态

走进一个词语的深处
才发现陷阱无处不在——

你在鸟啼花繁里欣赏
一不小心，会在溪曲石险处
突然滑倒，甚至受伤
或在激情的高速路上
无法掌控语言的速度
让心成为一堆模糊血肉

当我们心灵的浩瀚宇宙打开——
那些群星璀璨的美好世界会让人惊呆

无 题

我只有在诗句里才能远离尘世
我只有在月光里才能听到心跳
人生将半，飞花寂寞地落着
仿佛那些盛开，只是记忆的影子

你是一座寺庙

你是一座庄严的寺庙
我常常进去虔诚祈祷
你唇齿间流溢的清溪和香气
让我眼前有莲花荷叶围绕

你是推拉风箱的铁匠
我是一块沉重的顽铁
在你手中被火焰锤炼
淬火的灵魂，终成利器

你是一面照妖镜
我在里面显露原形
如霜降后揉成一团的残荷
脸上的沟壑，尖叫着寒光闪闪的雨声

有一天我的记忆成了一场洪水
泛滥中带给我生命肥沃土壤
上面开满诗歌的绿叶红花
——这是爱与往事的芳香歌唱

孤　独

梦想无法投递
寂寞无法投递

寂寞，和天上的几颗星
闪亮在一起

我用满腔豪情
消化艾略特老头和盛唐

淬炼灵魂的杂质
不让梦想的香味流失

那些哀乐的长河
构成了诗句的核心

江山是我的书桌
上面灯光和新月闪烁

对　话

哦，卖糕的
切给我一块赞美诗
屈原取下他崔嵬的帽子
戴到我的头上
曹操骑着骏马
和我一起扬鞭驰骋江山
李白朝我举杯
邀我和他一起去捞水中的月亮
金斯堡对我嚎叫
想和我比赛词语大厦的建造
细雨中，我的眼里
盛开着丁香花

写　作

重要的不是时间
而是我心里何时爆发火山
痛苦的不是诗句
而是把生活栽种出春天

一丛丛灿烂，亮晃着眼
那么多瞬间，抓住我
就像初恋时，你的低眉
你红晕浸透的脸，灯火在荡漾
一秒钟里多少风暴掀动港湾

整个世界张开了外壳
我是里面孕育的一粒珍珠

幻想主义者

一只飞鸟。一架飞机
一条蜈蚣。一列火车
一朵花。灵魂的内部
火烧云。飘动的红裙

一枝梅花。横在月亮上
一段闲愁。杜鹃啼唤的寂寞
高楼森林。小孩搭起的积木
红枫叶上。幻觉的梨涡

千里之外。我被你吸引
量子纠缠。树的根须
秋风渐凉。夜空里那么多星团
吞吐宇宙的迷乱。何为前缘？

又过一年

看多了世间耍猴的游戏
我被时光磨成了圆圆的石头

我心里潜藏着月光和诗
生怕梦想会建造烂尾楼

停　顿

诗人陷入了沉思
在他的眼睛里
世界是一枚
火红欲坠的果实
在虚无里停顿
听到幻想和记忆
在跋涉，在安排宫阙
和那些宝库的门

灵魂的金色桂冠上
闪耀着永恒的奥义
真理在童年撒谎
词语是黑暗，是隐藏的威胁，
是上钩的诱惑，就是这样

将进酒

我已经好久没有喝酒了
来来来，拿出琥珀钟、黄金罍和鹦鹉杯
舀一勺长江水，煎一尾武昌鱼
让方方八仙桌上飘满故乡的香味
还有山间的竹笋，棚架上的丝瓜
群山和田园捧出碧绿的翡翠
稻花和野草刺抓住我的裤脚
舌尖上的停顿，是童年的回归
为什么我只有在滚烫的方言里
才能洗尽红尘，灵魂如鸽子飞过天际
为什么我的记忆，是一头黑水牛
反刍着大地的汗水，眼里闪着朝露的温柔
我只不过是天地间的匆匆过客
劳斯莱斯，凯迪拉克，都是身外之物
乡愁已成为灯下沉思的一种习惯
一树蔷薇花开着，笑声满院
有好酒，当沉醉；此时节，且开怀
生命迟早如备好的棺木一样朽坏
只有诗句，能复活我对泥土的深爱！

身　份

身体的山谷里
长满破梦和荆棘

八万四千种各色烦恼
组成了命运的血脉

无论是天堂还是地狱
但丁的身份都是诗人!

屈原跌跌撞撞走在路上
披散头发一个人向天发问

第三辑

亲情与故乡：告诉我，此刻的繁盛和知足

家族

—

祖母葬礼

—

父亲和我

—

示儿

—

赠儿

—

……

家　族

我祖先走进了家谱
时光的纸张早翻得发黄

我爷爷含笑一言不发
他的相片被挂在墙上

我父亲头顶积满白雪
人生的冬天正寒风激荡

我身体里闪耀着正午的太阳
中年的风景摇漾大树的清凉

我儿子拿出一张画布
用彩笔勾勒梦想的模样

祖母葬礼

雨一直下着，好像哀乐
一直在播放着

我们挖墓坑的时候
我们低头哀悼的时候
雨一直下着

埋你的时候，雨已经沉寂
在漆得黑而发亮的棺木和静默之间
没有人想成为一滴雨

没有人想
生活得无声无息
没有人想
成为死亡的猎物

悲哀以埋葬的形式
斟给青山一个

圆圆的酒杯

断续的雨点里面
住着正在流逝的光阴
亲人的血脉
在看不见的地方游动着
一株被砍下的竹子周围
很快长出很多竹笋

葬礼之后，我们活在阳光下
活在自己的宇宙轨道中

三年后，墓前长出了三株竹子
就像我心上
点燃的三炷袅袅清香

父亲和我

父亲的头顶上
有大面积的白雪
那是七十多年的寒风吹的

父亲的身影
像弯曲的松树
还没有被岁月的重量压垮

多年前
我曾经抱怨
骑自行车带我的父亲
为什么要推车才能翻过山岭

如今的我
被我儿子骑着当马
当我慢下来的时候
他也会说
爸爸，你怎么像蜗牛在爬

父亲坐在椅子上看着

脸上的皱纹开着春天的花

我是世界上最幸运的父亲

大儿在灯下读书，小儿在扔玻璃球
我是世界上最幸运的父亲
家庭生活拍着温暖的浪花
我的幸福高扬起春风和帆影

大儿的书桌是一座花园
智慧的花朵香气袭人
小儿的欢乐填满房子
他的笑声如鸽子扑棱

我打开家门，小儿扑过来
“爸爸爸爸”，脚步带着兴奋
大儿也曾经这样过，他现在是小男子汉
开始独自面对阳光和阴影

美梦像一个隐喻，送给我一堆远方
在虚构里，起劲地孤独，起劲地祝福
窗外，有时是雨声有时是月光
告诉我，此刻爱的繁盛和知足

写给儿子的诗

爸爸是种子
妈妈是泥土
遇到雨水的滋润
才长出歌唱的新绿

爸爸是沙砾
妈妈是河蚌
经过磨合的痛苦
才孕育光亮的珍珠

父母是巢
儿子是小鸟
你在天上高飞
也会回到巢里鸣叫

儿子，家是洁白的茧
父母的爱层层包裹着
有一天你破茧而出
眼前是花香水碧的新世界

仿苏东坡示儿

你的眼睛——
闪烁着春天的童话
你的小手——
攥紧我笑容的鲜花

缘分让我们的轨道相遇
激动的星辰从未从我的天空抹去
爱滋润了我灵魂的早稻田
你就是像祈祷一样飞翔的白鹭

赠 儿

知足是怀抱里儿子的清啼
孤独是天空里弯腰行走的新月

自从有了你，我的小岛
被涌动的幸福海洋包围

你琉璃般闪亮的眼珠
里面有一帘春风，海棠花的笑语

我命运厚实的大地——
肉体露出黄连，灵魂流淌蜂蜜

示　儿

苏东坡养儿怕聪明
钱牧斋养儿忧愚笨
我养孩儿无所求
尽忠报国为人民

天所忌贪婪佞巧
世所重忠臣良相
留好名声千秋万载
一时落魄沉沦无妨

给儿子

我想听到凤凰的清声
爆发千万朵白色梧桐花
我想做一匹骑着梦想的马
带着你们奔驰在曲折的人生

别让追求的火焰耗尽
别让希望的翅膀折断
这个世界上的生命
都有太阳经空的耀眼

成为我亲爱的孩子
这是杨柳和春风的缘分
一个餐桌吃饭的时光转身
只剩下灯火在夜色里嗡鸣

娇女哀歌

上帝亲手把我钉在十字架上
菩萨用力把我推进泥犁地狱
小宝贝呀，你在妈妈肚子里
胎心胎动为何突然消失

你给了我闪电般短暂的欢乐
你让我体会到无常的迅速
小宝贝啊，你的来临
曾是我灵魂的维生素

我常常隔着你妈妈的肚皮和你说话
我抚摸你妈妈的皮肤感觉在抚摸你
小宝贝啊，我多么想
能够牵着你和哥哥一起玩一次

我还没听到你一声啼哭
我还没看见你长什么样子
小宝贝啊，你为何弃我而去

不让我拥抱做父亲的幸福?

你还没来得及穿上爸爸买的新衣
你还没来得及走进全家福的镜头
小宝贝啊，你为何绝情而去
留给我空荡荡的心，空荡荡的守候

追忆已成寂静无人的星球
在孤独的轨道上自转
小宝贝啊，希望你在天上
能够时常记得父亲的慈祥

我已不敢祈求花好月圆
我已把很多梦想挖坑深埋
小宝贝啊，我多么希望
我们的缘分在世间能够重来

求不得

还不如你从未来过
我的小宝贝啊，你给了我惊喜
为何又把惊喜很快打碎？
我的世界成了一地玻璃碴

我多么想听你喊出爸爸
我多么想亲亲你的小脸
小宝贝啊，我多么想你的笑——
一瓣瓣春花开在世间

你还没听过鸟鸣剪着树叶呢
你还没坐过爸爸开的小车呢
你像未曾啄破壳的小鸡
就匆匆去了另一个世界生活

看着别人怀中的孩子心如刀绞
为何上天不能让我给你一个拥抱
我甚至幻想你光着小脚丫

喊着“爸爸”，在地板上朝我奔跑

如今，我和你妈妈只能无言相对
我和你妈妈只能以泪洗泪
小宝贝啊，没有你的日子
我如无水植物迅速枯萎

我也知道春来草自青
我也明了一切妄想空费精神
但我有一颗血肉做成的心
怎么能不为你的离去悲吟？！

你的降临是菩萨的慈悲
你的离去是人生的无常
我没有别的，只有几句诗行
想把我的小宝贝从天国唤回

你是我百年后还在流血的伤口
你是我心上无法消除的疤痕
小宝贝啊，你的灵魂盘踞着我
如身体吸附着胎盘，放弃多么不忍

天上的乌云遮不住心上的三寸日光
你的凝眸盘旋着我渴望的檀香
小宝贝啊，希望你永远记着
那些天我们之间的相守与断肠

舍不得

我用血写下送别你的歌
我用遗忘埋葬我们的缘
小宝贝呀，隔着命运的千万里
黑色等着眼泪，而我在等轮回

菩萨，你为何给我希望，又让它绝望?
你为何给我欢乐，又让它变成创伤?
小宝贝呀，到底欠了你多少宿债?
我在无法爬出的深渊里面失去光亮

我甚至害怕听到他人的欢声笑语
也不想一个人走到大街上
我被遗弃在荒漠，如一件器物
没有声响，没有动静，没有方向

天上的飞鸟，似乎在摆渡我的灵魂
地上的残花，似乎飘着春天的撕心裂肺
小宝贝呀，你在哪里安睡?

整个尘世如此消瘦，如我扭弯了的脊背

在世间，我只想拥有几个我的孩子
我只想生命的枝条，挂上更多的红枣子
小宝贝呀，你如花的呼吸已经熄灭
为你建造的梦幻宫殿，也是寂静无声

厄运用锯子切割着我的坚硬人生
落下满身悲伤的碎屑
惦记的结局，让我放弃掉又舍不得
思念的雨狠狠鞭打着秘密的沉醉

我需要一个可以祈祷的菩萨
还有一个装满了蔚蓝和安宁的家
小宝贝呀，不忍计算你离开的日子
烦恼送来一杯需要倒掉的隔夜茶

痴心与苦水

你是我的苦水，你是我的痴念
你是我的心香，你是我的断肠
小宝贝呀，悲歌和我一起生长
折磨我的不幸也无法清晰丈量

妈妈说你，在胎胞里才鸡蛋大小
只有45克，眼耳口鼻均已成形
小宝贝呀，我夜以继日地浸泡在
泪水里，隐藏着乌云压顶的寂静

你走后，我僵硬得如木偶人
身体里“嘎嘎”响着摇摇欲坠的老屋
睡在床上，如躺在刀山上
命运的魔盒，打开尘世的包袱

我像一部老电影，身上的胶片划痕累累
幸福逝如闪电，我还来不及画像
我们中间只隔着死亡，为何无法和你拥抱

独自坐在孤岛中央，四周暗黑无光

在我的心上，一切都在沉没
恍如浑浊洪水在肆虐，万物皆受殃
我的梦里压着石头，更压着月亮
流年啊，请给我灯火、泥土和遗忘

我在无边的苦海中颠簸
我在倾盆的泪雨里飘摇
小宝贝呀，你何时重新出生？
我点起希望，皮肤的蜡烛在“嗞嗞”燃烧

纯　洁

清晨，花朵爱谁谁
露珠也懒得管

一头黑水牛，一条野径
一声短笛，一带松开的流水

蜷伏的太阳，睡在
枝条伸来的玉臂上

炊烟散开浴后的长发
花园里，蝴蝶收起蓝盈盈的翅膀

风往哪儿吹，都是
青草和故乡的方向

故乡与现在

当童年的水田里，一只白鹭
盘旋着我回乡的方向
陈酒斟满亲人的笑涡
松风和日影在空山里游荡

寂静的时光没有边界
饥饿的记忆被层层标语覆盖
死亡已化作一座座小土丘
一个人的轮回能否等到石点头？

灵魂在青铜镜上慢慢锈蚀
寂寞的骨头挺得住吗？
无尽的忏悔和思念摆上供桌
灯火撕破我皮肤里的诉说

故乡如母亲爬满皱纹的脸
改变了旧日红润的容颜
芜湖是一个无法割舍的女人

将我在醒来的鸟鸣里牵绊

一串念珠，替代了风雨
还有雨后挂着彩虹的天空
我的心已成为一座古塔
钟声敲打着我的欢喜和疼痛

一夜头白如月光粼粼
尘世的寒冷能否靠近爱的歌声？

乡　愁

落日压弯了挂着老玉米的屋檐
归鸦衔来了一嘴黯淡的炊烟

月亮挂起了一盏红灯笼
安慰着我青春期的朦胧

故乡高悬一部旧电影
记忆的身影在沉默中放映

竹林的风声是梦的密码
悲哀的尺寸丈量孤独的天涯

镜子指责我容颜的改变
流浪的心能在哪里靠岸？

记住乡愁

一首老歌疾速驶来
把我撞到那些童年

关于故乡的记忆是湿漉漉的
连绵不断的梅雨，连棉被都散发着霉味
芭蕉拆开了春天的心事
在那里，我熟悉了香草和江山的文字

双抢时节，我的脚深入紫黑的水稻田泥里
弯腰挥动镰刀，手中多了一束稻穗
空气蒸笼一样沉闷，阳光咬得手脚疼痛
我脸上结满盐粒，诉说生活的辛酸

故乡的青山没有变过，只是我已经开始满脸沧桑
像煎饼一样焦黄的荷包蛋，里面放了
母亲舍不得吃的白糖
嚼在嘴里，是母爱无尽的甜蜜
菜籽油在铁锅里叽叽喳喳地叫唤

母亲手中的锅铲，油光发亮——
一缕夕阳抹在她乱蓬蓬的头发上

翻阅着那些受局限的记忆——
定格在相框里的笑脸和留白
生命的痛苦常常深不见底
需要诗歌的钻头穿进坚硬的岩层
让岁月深处沉积的原油与火焰喷发

冬天来了，侵袭的寒冷
和北方失群大雁的尖叫
让我身体的皮肤里寂寞在繁衍

从现在起请离我远点，那些旧时光
那些残雪、落花，还有童年的光脚丫
——哪些情节，会成为我乡愁的猎物？

乡愁片段

记忆定格在童年的周围
我望出去的木窗棂有些裂缝，有些虫孔
牵着手，低着头，我们在祈祷，在哀悼？——
那些捕捉蝉鸣和飞花的梦

除了野花，那里没有任何人
苦楝树和梧桐的枝丫张开错乱的指针
似乎时间已停摆，你还好吗？——
徘徊在故乡山冈和瓦屋顶上的灵魂

往事堆起一叠作业，却无法评分
灯火画出的身影，成长如青草苦闷
我喜欢白的栀子花，红的美人蕉
在细雨里，闪烁着清露澄澈的春心

没有爱的天空，也不会有彩虹
夕阳经过沉没，我经过晚钟
一只水鸟穿过早稻田里的绿风
在那里，我的宁静和世界的美好相逢

乡愁绝句

细雨梳理着青草的长发，春深矣。
乡愁站在海棠花枝上，缓缓开着
童年留给我一罐过期的雪梨罐头
看上去很美，却不能品尝
祖先们坐在林间墓地前，正听风吟
竹露微响，轻动空空的人生节奏
我蜕下的身影，常青藤般摇曳在墙上
几朵杏花爬过墙来，天人俱静

随　感

剪得断脐带，剪不断流淌的血缘
隔得了万水千山，隔不了高飞的思念
望不见故乡，眼泪里却闪着故乡的月亮
高高在上的黄土，是我最后的归宿
我的江山，是心里的锦绣诗句
被时光绣在不朽之上，繁星闪烁

元宵夜纪事

今夕何夕，此心何事？——
我身体的琴弦开始松弛

每当我醒来，就像用临终的眼
看着世界的美好与遗憾
怀抱里的妻儿，心里的清平乐
都那么让人欢喜

我所有走过的道路
最终都会积满落叶和荒芜
我所有说过的话
最终都会变成清风和尘土

虚度得不能正视的光阴——
逐渐在脸上留下一条条鞭痕
灵魂如深海中无人登临的岛屿
开落的野花和鸟鸣是最美的诗句

雨声抓住残荷和芭蕉
寂寞是诗人眼前的山河
而今夜是明月和团圆的良宵
朗月仿佛一颗香甜的汤圆
不辜负杨柳，不辜负家的灯火

年年岁岁初春的约定——
在身体里流淌着月光和火焰的余韵

绝句四章

一、故乡

我记得的不是蓝盈盈黄灿灿的野花
不是沾满了稻花香的晨风
而是冷月下面，坐在坟地树枝上
祖先们脸上萌宠般的表情

二、人生

人生的蜡烛慢慢融化
只要有一点光
我也会在世间
播撒光明的模样

三、善与恶

恶常常趾高气扬
因为他能扇善的耳光
善只是默默忍耐着——
看着恶自取灭亡

四、追寻

有些人的灵魂
笼罩着地狱的黑暗
一朵野花也比他好——
能吹开汹涌的春天

第四辑 感谢你向我走来：所有的回眸都成了彼岸

曹植

—

致李煜

—

李贺

—

悲王昭君

—

杨贵妃

—

……

曹　植

几茎黄豆的苦根
燃烧着宫斗的剧情

一步，两步，三步……七步
词语，成就了诗人

刀剑没有撼动
诗人的舍利金身
皇位没有压垮
诗人的金刚怒目

当岁月成为灰烬
留下来的只有——
智慧和诗句淬炼出来的合金

曹植的时代

赞啊，那是个诗的时代
家家抱昆山之玉
人人握灵蛇之珠
三曹，三匹马蹄踢踏的骏马
在建安文坛的跑马场上
一亮相便是绝尘的速度和光芒
你更是“人伦之有周孔，鳞羽之有龙凤”
振动翅膀发出青铜的回响

苦啊，那是个血与火的时代
每个人都是饥饿和瘟疫的猎物
每个人都是游在泪河里的鱼
绝望和蛛网封住了井灶
虮虱和征尘爬满了战袍
骷髅的眼窝里，野花在燃烧
你用太阳般耀眼的诗句，将灵魂的黑夜拥抱

人生像朝露只璀璨了一瞬
梦想已成为枯藤上一只干瘪的葫芦

只有整夜整夜地饮酒狂欢

让孤独和星光演奏甜美的歌曲

曹植晚年的痛苦

我已经记不得了——
谁是我“罗袜生尘”的洛神
一树灿烂的杏花下
谁偷走了我的激情和初吻

我的时代争夺着皇位和地盘
天空里，乌鸦运送着黑色的尸衣
我扔掉肩上的江山如一袭破袍
上面飞溅了太多的血泪和污渍

我的宝剑挂在墙头，已经锈迹斑斑
下面的书桌，凌乱着一叠龙飞凤舞的诗篇
流年飘走了我的青春和雄心
我只想在狂饮里消磨苦乐人生

那些我身边最亲近的人
随时会要走我孤寂的生命
关于后事，我没有多少想说的
我的诗句，说出了上天的怜悯和垂青

曹植的悲剧

你脑子里装着一座图书馆
你的诗句是美玉和明珠

王侯的地位，让你多了豆萁相煎的烦忧
厄运的眼镜蛇一次次袭击你高亢的歌喉

白马已经倒毙，美酒只能愁人
攥在手心里的寂寞正在开花

致李煜

命运给了你一件黄袍
和遥远的一轮明月

当黄袍破了，你身上
月光朗照，词语的光晕

将你加冕成神
而悲剧，白雪一样降临

李　煜

我透过三月和春花
看你，李后主头上的白发
染上了往事的易碎和香气

我们曾点起一炉春风
围坐着看宫娥翩翩起舞
词句里依稀闪烁着笑声
一弯新月下，金樽里的美酒
如此陶醉而满足

醒来时只有绝望的天空
一只鸟的飞翔擦破了美梦
谁能担得起——
一座江山如毒蛇在疾速游动

命运的战船溃不成军
我放弃了讲述真相的愿望
我离开金陵的时候

夕阳在身上抹下一缕擦不掉的口红

刀的锋芒冷冷地掠过菊花
当时，我的心颤抖了一下

李煜词

花间的露水
滋润了我饥渴的灵魂
竹风的琴声
在酒杯里温了又温

我的江山一夜白了头

多少往事在新月的钩子上挣扎
并渐渐风干

梧桐叶用手掌，攥紧黑夜的寂寞
你的身影一转身，满院的秋心
如火红色的锦鲤鱼群在搅散

——那万古的寂寞和深秋

杜　甫

秋风白了
芦苇白了
大雁的叫声白了
老杜的头发也白了
整个世界白茫茫了

大唐的眼泪和苦难
被你的工笔画在宣纸上
一幅幅直拍，一滴滴悲哀
触目惊心的黑
被完整地保存
千万年也不会变色

李贺

李子熟了
玛瑙累累垂珠
一场丰收来庆祝

为什么我写不出这样的诗句？
趺趺撞撞的彩云
被龙爪“噗嗤”一声撕裂

浩渺的宇宙中
时间之箭极速射出
几尊不朽的雕像
为之侧目

悲王昭君

你的绝世容颜我无缘得见
你的传奇人生任后辈感慨和评论

可叹世间多少毛延寿
费尽笔墨毁佳人！

读古人情书

李香君在信中说：
落花无主，妾所深悲
当绝色歌姬和动乱年代相遇
每一天流下一颗血泪

董畹贞在信中说：
陌上花开，可缓缓归矣
当一个妻子呼唤远方的丈夫
深闺的寂寞堆积了一地花雪

而徐妙锦善于拒绝：
愿作山中小草，独自荣枯
当弱女子面对霸道皇帝
坚守筑起的底线稳于磐石

对于那些深情或绝望的场景
我选择了赞美和相信

题美人侧面图

美人为何不转头？——
侧面朝海听暖风

风吹动了花朵繁茂的心！
欢喜摆动蓝色而宁静的时辰
我此生正在变老——
正在飘飞的落叶无法回春

回忆游弋着一群斑斓的小锦鲤
它们在爱的澄澈里找到彼此
没被现实修剪过的梦
摇曳着开满樱花和杏花的树枝

漫长的白昼像放久的红樱桃
朽坏的气味闪着魅惑的余韵
阳光在密林的藤蔓上生锈
暮钟在灵魂的伤口里悲鸣

即将离去的落日分外清醒——
落花是春天的寂寞和放手！
离开，为了梦不被盘绕的长条缠死——
慢慢化成尘土的骨头

你的身影凝固在昼与夜的边缘——
金黄的鸟群抬高远方的天空

杨贵妃

贵妃的荔枝
大唐一样丰满
鲜嫩欲滴
吹弹可破

无法保鲜的
是一个时代的骚动与香甜
一曲醉生梦死
加速了欢乐的腐烂

贵妃笑了
大唐的光荣与梦想
被她一口吃掉

一弯血色的新月
照着马嵬坡
你指甲掐住的爱情
是诗人脸上的抓痕

凡高和诗人

凡高死在画布上
火红的向日葵
是他留下来的一只耳朵

诗人死在词语里
几页无人翻阅的诗句
是他用旧的鞋子

世界下起一场无尽的大雪
寂寞梅花冷

王朝

—

深宫怨

—

秋月辞

—

秋空辞

—

秋夜辞

—

……

第五辑

时光的云烟：整夜在天空里孤独地徘徊

| 王　朝

吱呀吱呀，沉重的大红宫门打开了
——放进些许阳光

暮春，几朵杏花落进深井
水花溅起——寂寞的灵魂

告别唐朝

我们的心里都有点唐朝
都有点烈酒、骏马和弓刀
阳光闪耀着雪粒的晶亮
涂抹上我梦想的暗伤

收拾时代散落的骸骨
邂逅白发苍苍的词语
李杜的诗句是贵重的古董
装扮了历史的颜色和太空

已没时间整理那些陈迹
我用现代重组内心的狂喜
人类创造的浩瀚宇宙
需要我发射探索的飞舟

大唐悲歌

开元年间的风，把人吹得软绵绵的
转眼天宝年间的鼙鼓，撕裂了江山的耳膜

大唐的空气里流淌着欢笑、音乐和光明
也如金鱼悄悄染上了黑斑病
杨贵妃在霓裳舞里惊艳的举手投足
已化为宣纸上模糊的背影

疼痛涌出诗人的喉咙
萎落的牡丹在满地尘埃里颤动
铜镜里闪现出蓬头垢面的美人
皇帝被谎言和万岁的呼声淹没在深宫

大街上传来刀剑鸣响
当踉踉跄跄的赌徒和历史碰撞
白骨堆砌着野心和梦想
夕光里，迷惘和哀愁盘旋在乌鸦的翅膀上

我如花似玉的词语已在夜雨里倒空
一声声悲歌滴响了呆立的梧桐
国家的元气已成漏泄殆尽的破木桶
何时再见海不扬波、万邦来朝的光荣？

南朝绝句

那些舞殿上掀起的裙角
已成为长满废墟的青草

那些响彻朱门的笙箫
在柳树长条上飘荡鸟鸣

月亮像一个失眠的人——
整夜在天空里孤独地徘徊

春江花月夜

我独自坐在船上
眼前荡漾的是水还是月亮？
水抱住船
用温柔和体温
给时光一段惊艳

月亮里有多少隐藏？
让春夜变得如此漫长
浪花的灵蛇游动着
澄澈的光芒闪着黑暗的清凉

深宫怨

飞鸟驮走残阳
杏花飘落余香
一面青铜镜上
沾满灰尘的惆怅

荒径上青草已长高
为何不见移动的裙角？
新月用一把黄铜梳子——
梳理曾缠绕在你发辫上的良宵

秋月辞

明月当空，照过我
不同年龄的面目和惆怅
少年时，青年时，中年时——
还会持续地照相

从前的贪恋
如明月和桂花
酿造慈悲的相逢

夜色四合
一座座山脉匍匐着
无法奔腾的悲痛

撕开秋天的果肉——
不如做一只栖于松树的白鹤

秋空辞

一群群大雁出现
如秋天的果子
挂在天空的树上

天空像一位菩萨
慈悲地俯视芸芸众生

风清扫着白云的痕迹
直到天空里一无所有

没有没有没有，无——
坚硬如钻石的天空

当心里面一无所有
就是人生最美好的时刻

秋夜辞

月亮从柳梢头升起，摇着一把团扇
扇着扇着，秋天便凉了下来

黑夜开着沉重的卡车，模糊的回声
让空荡荡的街道发出疼痛的叫喊

纷飞的落叶在集体鼓掌
它们习惯了把自己扔在风上

梦想被生活压驼了背
磨损的脚步追逐我无用的诗章

灯火折叠着恍惚如剪纸的身影
窗外，一只孤雁带走了等待的完整

我的脸上形成浮雕，眼神搭起了帐篷
让灵魂住进了安心的美好夜晚

秋　曲

小楼昨夜听秋雨
今天，落叶纷纷起舞

天空湛蓝，如烧制好的瓷器
几笔云，一只孤雁
命名着创造的惊叹

肉身的相逢如此容易
灵魂的交会分外艰难

秋风温柔的触碰——
让我内心的涛声开始沉重

秋　兴

春花一张口就是诗——
可惜杏花桃花谢了，海棠花也谢了
落叶带着秋天的护照
到处漂泊，到处把诗寻找
大雁是一只只会飞翔的钟表
准时叫响西风和山水的画稿
残阳弹奏着留恋的声调
大地留下一管沉默的笙箫
那些日子，就像正在用心晨祷
天空的冷玻璃里，鸟群的香烟逐渐升高

秋　水

秋水啊，绝世的容颜
让站在高楼上的人心动

我喜欢站着。在夜半时分
几颗星辰飘落
那些漩涡里的漪沦

衣衫稀薄，夜风微冷
灵魂里的灰尘
弹奏着雄鹿跳跃的余韵

烦恼在颈部留下顽固湿疹
我曾经一个人，被埋在黑夜里
喘不过气来
月光刺破厚于坟墓的黑暗

哀歌在编钟的绿锈上响起
遗忘在废园里长满苔藓

头顶的长河令我害怕——
似乎随时要把我卷进

秋水的漩涡里，绝望地游泳
让我抓住几茎芦苇，远离彼岸的腐蚀

秋日即景

阳光把早晨刷得多么辉煌
天空近得像房间镶嵌的一扇蓝窗
一些行人步履匆匆地走出小区门口
挂在枝头的果实让秋天变得沉重
两个年轻人相偎在公园的长椅上

阳光渐渐在玻璃窗上熄灭
枯黄的落叶在微风里孤独飞翔
倦鸟归巢的身影有些荒芜
一些行人提着包匆匆地走进小区门口
一张长木椅在草地上显得空荡荡

我们眼睛里所见的——
都是世间无常迅速的幻象

花月辞

春树开满残阳
风撕开花苞单薄的羞涩

归鸟敲响枝头的晚钟
寂寞多了一些苍苔

嘴唇的海螺上
激情的浪花在闪烁

月亮像一只朽船
在池塘中央挣扎

迷惘的波纹扩散着——
我们的心是什么样子？

月　夜

是月亮在抽泣
还是细雪在飘落？

我的身体有点寒冷
铜镜反射着往事的悲悯

夜建起一座幽暗的子宫
希望的孕囊在悄悄成长

微笑的风在颤动，在触摸
交会的眼神燃起硫酸的浓烈

爱只是暂时的
我在世间的居住只是暂时的

沉醉于闪闪发光的暗香
我火箭一样升起，飞向天堂

早　春

刚越冬的河流气若游丝
一条搁浅的船绽露结痂的伤口
无法抓住沿着堤岸流走的逝水
我脚下的大地在微微颤抖

枯荷耷拉着脑袋
如垂死的黑天鹅
渴望聆听春天的绿歌
它们曾在池塘里画着秋的萧瑟

落日涂抹着过去的辉煌
从枯草里挣扎着爬出绿意
鸟鸣用银针戳醒我的听觉
禅钟浸透我全身的颜色

春风钻进我的体内
召唤我成为天空的一片蓝
宝石的纹理荡漾春水的清凉

灵魂发出江河的漩涡与深远

零星的小花伸了伸懒腰
池水柔嫩的肌肤开始唱和
明镜在宁静中渐渐熄灭
野兽用嚎叫把世界雕刻

我躺在幸福的眼睛里——
灵魂的月光，在祈祷声里摇曳

月光见证

我无法忘记的——
是那些夜晚的月光

我们坐在迎春花藤下
倾听迷醉无声的语言
唇上的蜜糖掀起青春的风暴

在你面前，我是青草和新泥
是清晨的鸟鸣和阳光舞动的节奏
有着歌声的温暖和骄傲

因为空，赭山的钟声拥有
繁花般的光泽和寂静

蜜蜂的梦浪费了那么多花朵
那些夜晚，是我们脸埋入的教堂
我们在羞涩和缘分里相见！

如今，我被刻在自己的皱纹上
干硬的影子鞭着虚度的光阴

没有你，我特别饥饿
一个人的祈祷如雨打在芭蕉上
碎裂的声响发出圆满的光

我害怕，你一转身就是天涯
我抓住的只有怀旧的风和悲伤

镜花水月

夜深了，虫声越来越浓
仿佛黑松林正在浮肿
花朵敲响隐秘的小铃铛——
模糊的沉寂染得更加虚空

风吹动，水上的月亮
摇曳着白银的光芒
我被美的刀锋伏击——
一瞬间紧握住世间的幻象

风月之镜

“我已经老了，你还是那么年轻……。”
他的手指轻轻抚摸着照片，心里默念着
用火烧，用刀剪，他依然清除不了
她在内心的幻象，那些欢喜的时刻

“我离开你，是要你永远记住……。”
她躺在一口正在朽坏的杉木棺里，墓上野花开
她只在晚上爬出来，骷髅瞬间成粉面
清风梳着头，擦拭梳妆台上的尘埃

月亮是谁制作的铜镜啊？多少年来
它坐在天上，冷冷地观看一代代人的悲欢离合

南　朝

这人间不如一壶酒
这风月也不如一壶酒
醉了，江山倒在我的身下
一曲哀江南，荡漾着春秋
秦淮河畔，站着几株白门柳

王朝更替

为了一把高高在上的龙椅
多少人争得头破血流

最终只留几座黄土丘
让后人抚摸残碑的字迹

削铁如泥的刀锋已经生锈
野花在犁铧下艰难呼吸

在清朝

在清朝
世间久无汉衣冠
清风不敢乱翻书

在清朝
衙门里，紧闭的门内
彻夜响着板子声和戳子声

在清朝
柴门里，衣不蔽体的农妇
手伸向鸡窝里刚下的热热的鸡蛋

在清朝
官员三妻四妾
百姓妻离子别

在清朝
景阳宫的瓦砾

散成了一地瓦砾

在清朝
我隐居深山
栽种一篱的菊花

怀　古

那些光荣和梦想
一个圆墓写下了句号

那些音容和功业
几行诗句做了总结

一轮明月看惯了
它什么都不说

旧时光：暗伤或暗香

细雨撒下纠缠不清的丝网
粘住我停留在往日的凝眸
在无端、遗忘、惘然的形式里
爱的遗骸闪着白亮亮的哀愁

石头“咕咚”落水的声音
测量着我相思的水深
青春幻觉的圈圈波纹——
抽搐着你转过脸去的寒冷

剪下一片红叶上的阳光
储藏生命里主角脚步的空响
提取你身体上的香味
酿出袅袅在记忆里的暗香

我把破碎的梦叠放进行囊
灵魂孤独地坐在松枝上
几声鸟鸣在黑夜的尾声里留白

万物沉寂，商量着把世界点亮

我茕茕孑立的背影
定格成青花瓷碗上的图案
你会不会用纤手端起——
细细欣赏你我之间婉约的前缘

等待的剧情在眼眶里干涸
心上的绿盘旋着废墟的荒芜
淡淡的雾谱写着印象深处——
且来幽窗下，琴一曲，酒一壶

时光曲

诗句，从痛苦的血液里涌出
走在悠长小巷里的脚步
风景里，胡乱涂抹着几笔斜阳
晚钟在原野上拖着疲惫的翅膀
几朵野花在路边寂寞地开着
他们唇齿间含着一支蓝色的老歌
光线剪裁着树影和变幻的时辰
谁能捕捉永恒于眼前的一瞬?
春风人已分，冬至人已至——
多少灰尘和隐忍需要擦拭?
美人蕉的红焰发出遗弃的语言
青春的玉肤上闪耀着你的自怜
梦幻的目光温暖，寂寞压过来重量
荒草的墓碑上，渐渐磨灭的名字让人恐慌

怀　念

遗忘在自在地生长
打开美好事物的方法已经失传
时间的牙齿掉了个洞
露出了我的樱花和美梦
明月抱怨夜晚死气沉沉
鸟巢吸引了风的动静
你的背影成为往事的残株
心悲凉着充满苦咖啡的异域
浮生隐藏了那么多
希望和绝望的好词
人性喜欢羽毛和花瓣的包装
那些日子是闪耀的红宝石
它的澄澈和光芒令人惊异
我把它当作生活的信仰
在给生命输液的过程中带来力量

第六辑

我思故我在：生命的遇见，得用心珍惜

寻 心

在山前，每一条道路
都有无限的可能
新月下，每一个梨涡
都是对前世的相认

心里的自己——
一座海风和椰树的岛屿
迷失的面目——
火山不断喷发的烈焰

惘　然

月亮俯下洁白的前额
碰触的体温无法忘却

吮吸你灵魂的香气
心里回荡高潮的余韵

幸福常常在路上塞车
记忆的灯火发出颤音

如果不是生生世世的轮回
我为何在和你相遇里沉醉

尘封的日记带着青春的傲慢
打磨得亮晶晶的眼泪
给我重温那些童话的特权

感　觉

走进春天，看着樱花绚烂梨花飘
我心里的小鸟欢快鸣叫
秋天来了，落叶跃动如歌谣
我身体的每一个角落，长满了野草

悟　心

在春天，花朵的笑声全部苏醒
在秋天，种子的任务已经完成
一年， 地球围着太阳跳支圆舞曲
一生，我们只不过几次梦醒

内心的污垢，要自己清洗
生命的遇见，得用心珍惜
一个人的命运，在人生的长河里
只是无常的鱼尾，摆动时的涟漪

安心

一春的花鸟
满架的诗书

沏一壶茶，燃一支香
欢乐的心在月光中沉浮

我爱这大地上的风沙
和苦难，而从前——
我只眷恋青春和红颜

恍　惚

此刻，我行走在梦里
画面像粗糙、满是划痕的老电影

也许是在平行宇宙里
晃动着变形的影子，无穷无尽

那里看不到任何人
只有细雨、轻寒、鸦啼和密林

我无法喘息，沉默在倾听沉默
一条红蛇盘旋在花园的小径

罪业是吞食腐尸的鹫鹰
也是化成水的冰激凌

把不幸埋葬在故乡的松林里
母亲含泪的眼睛——
是两块温暖的补丁

神有很多办法，静夜里——
月光闪烁着灵魂的清醒

绝望的爱

拨打的手机号码无法接通
没你的生命是一个空号
浓缩的数字如你的冷脸
漠不关心我的欢笑或心跳

思无邪

性是野兽的语言
诗句是巍峨的宫殿
爱与慈悲的天空——
湛蓝而高远

荒芜的小路

当时，火车还没有靠站
我灼灼的目光，钉进了“呜呜”的鸣笛
一段生锈而弯曲的人生轨道
丈量着交会和离别的距离

草叶蔓延在我们并肩的路上
空气里弥漫着袅袅的衣香
你的掌心捧着暖暖的残阳
微笑处，唇齿间涂抹了蜜糖

你盛开的牡丹，曾让我抵达天堂
翻开那些日子，有点遗憾，也有些惊慌
我们走过的，已成为荒芜的时光
青鸟掠过的影子，书写着孤独的苍凉

| 守望美好时光

我带着爱在世间生活
我不想成为不寂不灭的佛
就算时间开始风化破裂
我也要守候你，直到头白如雪

夜的绿叶一片片飘落
万籁展开戈壁滩的沉寂
你眼里闪闪发光的海螺
喷涌着浪花把我抚摸

一首叫作前缘的长歌
在我们相牵的手上流淌蔚蓝的感觉
你脸上月亮甜蜜的汁液
让我渴饮时间白银的欢乐

结束，正在开始

结束，正在开始
我们在帘幕上筑巢
一阵风暴随时吹掉

开始，痛失尾巴
早晨，喷薄而出的红日
被满天风雨拦截

希望的嫩条摇摇摆摆
这个世界还没完全变坏
我还可以躺在床上醒来

乡愁添上几笔花事
那些沾满尘埃的旧日子
已经准备余晖和凋落

月黄昏

我睡在一朵梅花的梦里
倾听宁静深处的钟声
光芒和暗香迟早都会死亡
落日抚摸着枝头横斜的疼痛

故乡曾经是少女额前垂下的头发
那香味那折磨吸引我唇齿间的蜜蜂
灵魂的香气开始在身体里融化
打碎的瞬间让我的孤独空空

梦想的树枝多么容易被风雪折断
我的双眼里闪着恍惚的星辰
黄昏的骚动吞没了归飞的鸟群
暮色涂掉了大地上匆忙的身影

沧桑的另一张面孔雕刻着悲风
夜晚的灯火张开蝴蝶的翅膀
月亮在柳梢头出奇地安静

江水无声地映照着难言的悲伤

青山静坐在月光深处
记忆照亮我空阔的老屋和梨树

夏日味

微风拂动天空的弦
紫薇照亮明朗的夏天
天热了，要注意身体
淡淡的话语，清凉的薄荷片

我有清风和明月，你有笑靥和香气
一转身已是中年，你是我的遗憾
再过几天就是秋天
新鲜生活的颜色，像未成熟的橘子
青涩的脸，悬挂青春的遇见

谁叫你的美好，如新开的红莲
感觉一见到你，世界就开花了
琴声从泉水里开始，后来变成了春风

灯火盛开着合欢花
身影在墙上打结，一瞬即纠缠

在一个人发呆的时候
谎言开出了处方
夕阳鞭打着我江山的瘦骨
只有和你在一起，生活喊出美好与新鲜

夏日梦

坐在咖啡馆里，喝着冰块、柠檬水
还有不知说什么的沉默和微冷

幽暗的灯光，迷离的眼神
“这么多年也不联系我一声……”
你抱怨的语气里带着娇嗔

一缕香水味，是蔷薇，还是紫薇？
你低垂的脸庞，多么像树枝的幻影

是的，我想起了少年时代——
你瞅我时抿着嘴角吃吃的笑声
你的红叶，你的马尾辫，一下子
犁开了我体内的青草和开花的心

我已经过了浪子的年龄
只能用文字描画飞鸿的爪印

听　雨

在静夜，细雨比孤寂还冷
敲着思念断断续续的余韵

多少短暂的会面——
如一根火柴擦亮的热焰

我们只不过在世间冒个泡
一瞬间就有永恒的征兆

一个人的命运，全部写在脸上
泥菩萨啊泥菩萨，能度谁呢？——

恍惚在梅花瓣，嗅暗香

蝴蝶梦

一只蝴蝶赶到梦里，呼唤着我的名字
果实的容器里，雕刻着不朽的香味
死者坐在月亮上面，脸上的阴影令人生畏
半醉半醒的音乐，浸染着孤独的夜色
疼痛被遗忘捉走了——
瞎了的飞马，践踏着悬崖上人生的树枝
我在哪里？一个留恋的伤口上
记忆的苍蝇，舔着肉体和灵魂的甜蜜

你看我的眼神发生核聚变

你看我的眼神发生核聚变
一瞬间的娇羞胜过万语千言

两个生命像正反物质相遇
让旧日子爆炸得烟花灿烂

披着长发的月亮照着咖啡馆
那一轮滚动幸福的圆圈

在茶几的红漆上跳跃鱼的鳞片
我们的呼吸荡漾而温软

香气停顿在春天的怀抱
无法逃脱的感觉点燃火苗

多年后，我的遗忘开始免疫
光阴留下一杯橙色的冷茶

当时入口的，被苦味包裹

我们离开的地方，让我们活着

没有你

没有你
我的疯狂如杜鹃花
寂寞烧红了春天的原野

拥抱你
灵魂的锤锻和撞击中
生命迸发着铁屑的彤红

梦悬挂在桃花上
喃喃歌着
往事的风在沙沙作响

我的月亮和夜晚，别跑！

相见怨

我们怎会相见？很想将情节改写——
当时梅花下你灿烂的笑涡
时光仿佛醉了酒
多少往事成了酒碗的碎片

星星如花朵挂在树上
唯美如我们曾经的因缘
小日子在清茶里腾起了轻烟
有些苦涩，也有一些虚幻

为何你突然着了魔？——
天天看我的眼神飘着冰雪
从童话里走回了人间
就像在黑夜里行路，灯火遥远

自问

我来世间
所为何事？

鸿鹄高飞，能在何时
铜柱标名，能在何地？

童年弄泥，青壮漂泊
眼前常见，树倒猴散

如何济世，名垂青史？
如何修身，提升灵魂？

至今沉沦，静待风云
一具空壳，何来彻悟？
终将过去，无常何速？

希望仍在，拥抱我爱
何须回头，破浪飞舟！

狼人

时而是人，时而是狼！

是人的时候
熟读诗经和佛经
是狼的时候
狩猎得遍地血腥

伪装的躯壳里
欲望和贪婪随时现形
罂粟花开得再艳丽
果实里只会有恶的幻影

狼的本性撕裂多少生灵
人的面孔迷惑多少人
只有这个魔族灭绝
才有世间的安宁

听，狼人在磨爪——
多少山林被恐惧笼罩！

和尘世相处

你的唠叨——
破电扇发出的“轰轰”响声
你的叹息——
燕子从田野里衔起一嘴新泥

飞鸟缝合着天空的伤口
蝴蝶带来春天的书信
我能做的，是在梦里——
添几笔阳光，采几朵欢喜

咏 怀

梦想的天空无法飞越
折翅的凤凰停止了清歌
喝几口甘泉吃几只虫子
一辈子平凡得如树叶
没人看见它的泛绿与飘落

想起

想起你——一本从前翻读的书
有动人的词句，有遗忘的章节
此时，就是虚无和一切
生命的电池在即逝地耗下去

夜 雨

一朵雨，一声叹息
回荡在天空的耳朵里
落叶漂泊在风中
灵魂的颜色如此枯寂

连绵的细雨发出祈祷——
让梦想在黑夜里慢点衰老
流光烤焦了芭蕉
晚钟咧开了迷醉的笑

一群咆哮在窗外的野兽
想撕开我记忆的痛苦和温柔

离　歌

你在吗？
我们已不见二十年
你还记得吗？
垂柳鞭着春风里的小河沿
夕阳的圆饼是我们最后的晚餐

天空是空荡荡的广场
下面行走着陌生的自我
沉默而孤独的新容颜
照片上的笑容涌来恍惚的潮水
泛黄的旧日子和幸福说着再见

阳光的光线透过窗帘
你就在我身边，只是看不见
灵魂的香气散发着夜月的凉甜
虽然我们越来越远
就像超高速星朝着银河系相反方向旋转

躲在隔开风雨和时间的记忆里更安全
离开的人不要再碰思念

世间人

—

寂寞

—

日常生活

—

很多人

—

有的人

—

……

第七辑

人间味：只有爱，有着秋天红柿子的蜜浆

I　世间人

有什么不会在地球上消逝？

一勺苦海里，莲花如叶舟
夜的面孔，半是嚎叫，半是衰朽
受难的世间，经过夕阳粉刷
摇漾着光荣与罪恶的神迹

我像一头被海浪冲上沙滩的鲨鱼
伤痕累累，没有一丝力气
寂静追逐着快活的苍蝇
绝望践踏着我松软的尾鳍

是成为骨架，还是重拾乘风破浪的雄姿？

在这个世界上
风朝哪一个方向吹
和我有什么关系？
花朵在山中的盛开和寂灭

会不会出现在我的眼前？

在酒杯里，有我的故乡
和被乡愁擦得亮晶晶的月亮
青春或肉体，皆不会持久
只有爱，有着秋天红柿子的蜜浆

有一天，当灵魂有了开悟的味道
我可以在夜航船上伸伸脚

寂　寞

我的影子跟着我
如一小块抹布
擦掉我的行走与寂寞

春天走了
一地落花的残骸
闪耀着蝴蝶的婉约

日常生活

穿衣。吃饭。洗澡
上班。购物。争吵
脱衣。上床。睡觉

穿衣。吃饭。洗澡
上班。购物。争吵
脱衣。上床。睡觉

穿衣。吃饭。洗澡
上班。购物。争吵
脱衣。上床。睡觉

当有一天，我什么都干不了
身上会长满野花和青草

很多人

很多人的日子——
扛着米粒艰难行路的蚂蚁
烈日炙烤下蔫蔫的花朵

很多人的诗句——
散发着刺鼻味道的泔水
炼钢炉里流出的废渣

很多人的心——
沼泽地里的泥浆
蔷薇花旁边的刺

很多人的一生啊——
用梦想修造了豪华坟墓
却无法朗诵生命快感的乐曲

一个人有生有死

一个人有生有死
一颗心有爱有憎
山里的果子有甜有苦
世间的万物五彩纷呈

有的承诺比钻石坚固
有的情感比沙塔容易倒塌
再美的落日也会在天空里融化
人生里有什么执着放不下？

有的人

有的人
哪怕隔了千里万里
哪怕隔了千年万载
仿佛初恋，无法忘怀

有的人
哪怕睡在身边
哪怕就在眼前
仿佛月球，永远冷漠着脸

遗落的钥匙

我看到，街角地上躺着一串钥匙
我不知道，这串钥匙可以打开哪道门

钥匙在正午的阳光下闪着光
仿佛在做着一个没有高潮的梦

很多人在大街上消失
就像树叶落得没有声息

钥匙又聋又哑
任尘土的寂静闲话

在图书馆

宁静的风暴挤压过来
让我挺了挺身子

那么多阵亡的尸体
见证着开疆拓土的传奇
那么多精致的纪念碑
镌刻着人间的喜乐与愁悲

有夜风温柔的小嘴
有思想陈腐的霉味
有乌龟缩进硬壳的智慧
有鸟鸣和春光的迷醉

有紫薇和萝卜的嫁接
有古人和今人的碰撞
有密码和符号的游走
有灵魂的香气和绝望

这宏伟建筑有什么意义？
手机里，多少故事尽在掌上
大街上车来人往
生命将成为落满灰尘的纸张

谁静下来翻阅那些日子
鸟巢里天空起起落落

赠人

我在红尘里行走
扬起利角奔驰的野牛
你在江南地淹留
杏花藏在枝头的娇羞

冯小青

我的伤心落下朦胧的细雨
是因为没有可以对话的人
我的容颜飘着樱花缤纷
是因为面对蒙尘的青铜镜

我十岁就喜欢漂亮的裙子
走在别人巧克力般黏糊糊的羡慕里
我十三岁就学得一手好筝
却只能弹给冰砖一样沉重的天空听

我十五岁时，徘徊在后花园的小径
蜂蝶跑来追逐身上的香气
我十八岁时，孤独一天天来复印
一张张白纸一样虚度的光阴

细雨的钩子挂着我的失落
每一声花朵的叫喊都让人疼痛
晚风和闲愁进进出出

身体的空洞孵化着可怕的毒虫

梦想是水面上摇摇晃晃的倒影
我可以看到，却不能握住
明月和梅花飞上我的诗句
那是我一生最大的满足

春夜闻蛙

春夜里，青蛙们在唱诗
也不知道是朗诵谁的句子？

就像小时候和小伙伴在草地上游戏
很快人散尽，只有风吹拂月光的沉寂

任何东西我们都不能长久拥有
花香的诱惑里，我向谁寻求皈依？

泥　土

我是最卑微的泥土，任人践踏
身体的山水广袤无际，静默地覆载万物
在春天，上面叫喊着青草和野花
迸发着生命的力量，让鸟兽跃出

蝴 蝶

曾经痛苦的前世
绣在你斑斓的翅膀上

祈福美好的来生
漫游天际的白云

梦把我们的躯壳倒空
生与死只是一阵清风

生活撕落了希望的白羽
明月和暗夜为不完整的灵魂辩护

那只雕着凤尾的紫檀木梳子
闪烁着寂静头上的一把雪

观西洋歌剧

异域的声调
异国的管弦

随着一支指挥棒
翻滚起情绪的波浪

很多观众痴迷的脸
恍若遭遇海难的沉船

交响的音阶变幻着形状
哪一朵是人生苦乐的实相?

你有你的语言
我有我的听见

看　戏

在台上
生旦净末丑
唱着各自的台词
在卖力地表演

一台戏里面
常常是风刀霜剑
处处是起朱楼开夜宴
更响起急管繁弦催华年

隔着迷离的脸谱看你
无法碰触内心的真实语言
你举手投足一板一眼
阐释着角色背后的悲欢

台下的看客
在指指点点——
谁是白脸黑脸

谁忠谁奸?

当大幕落下
看客已散尽
卸下戏妆以后
你回到一个普通人

短歌行

我浸在春风里，
心有莺花啼。
我走在阳光下，
光影荡袈裟。

坐着时光的跑车，
烦恼爬行出青蛇。
一壶寂寞月光酒，
流浪歌没有尽头。

初冬的下午

落叶离去，寒风吹拂
落叶里行人加快脚步
空荡荡的公交站台躺在大街上
仿佛沉睡在海底的沉船

期待着打捞喧嚣的宝藏
穿梭的车轮忙于提交繁华的论据
落叶已成感伤的符号
刻在远行者蜿蜒的前路

连阳光也开始吝啬起来
克扣它的灿烂和温暖
午后三点钟，光线
已像泡了好几遍的功夫茶汤

需要落寞的心情鉴赏——
变得稀薄而迟钝的时辰
阳光允许树木和高楼泡着

允许世间的万物泡着

酝酿一杯真正的好茶——
在茶里，有整个世界的滋味

遗　产

那么多前人的遗产——
一张张面目不同的脸
让我走进了哀乐低沉的墓园
看到一朵野花在眼前出现

在雨中

细雨敲打着小窗和清晨
窗外，我的记忆在云游

在雨中，我曾经深一脚浅一脚走过山路
在雨中，我曾经拈起一枝梅花嗅
在雨中，我曾经垒起祖母的坟头
在雨中，我曾经和你一起撑伞，脚步轻如沙鸥

没有什么能长久地拥有
经历的时光，酿成美酒滋润唇喉
在世间，我是神龙不见首尾的UFO

敲钟的和尚

敲钟的和尚
敲着满地的月光
敲着天上的月亮

空空空，空空空
姑娘绝世的面容
吹皱灵魂池水的春风
让一帘花月成为幽梦

一休

和尚
你是枯木，还是春天？

一戒律不守
一破衫盛清风

行脚处，枕上明月
翻透了人生所有的梦

生命摇晃一把木剑
徒劳地掩盖信仰的无用

禅是什么？——
美人的口水
骷髅的眼睛

修在当下
一切皆休

无，在空山里
夕阳如鹿蹄回响

生活绝句

你是罩住我生命的鸟笼
让我无法鹰击长空
轻轻拍动起翅膀
干枯的羽毛无力得疼痛

心的姿势

蝴蝶说，我要花
它的飞翔成了花的海洋
星球说，别看星光灿烂
我只能丈量自己的孤独

人生最大的幸福是
——洗衣扫地
心里最大的烦恼是
——水流花谢

对河流的十三种看法

风：
我训练的宽阔跑道上
常常扬起跑动的灰尘
花：
落花流水的归宿
是我和春天恋爱的错误
山：
我和水缠绵的时刻
才感觉幸福的世界
当流水离开了
我的枯坐多么寂寞
月亮：
这面用来照脸的破镜子
常常扭曲我漂亮的面容
扔掉又有点舍不得
诗人：
一个满脸络腮胡的流浪汉
经常猛烈敲响我的心窗

游鱼：
水晶搭建的新房子
我可以做公主和王子的美梦
饿鬼：
面前流淌的腥臭和脓血啊
是我生生世世的罪业
地狱道众生：
嗞嗞作响的灼热岩浆啊
炙烤着我们无望的呐喊
何时能带给我们一点清凉
阿修罗：
经历了沙场太多的征战
清理尸骨后流出的泪水
千万年也无法清洗我的灵魂
天神：
酒杯里装满琼浆玉液
飞天们舞袖间飘落的音乐
让我忘掉那些烦恼和忧愁
哲人：
在时间奔跑的箭头上
用一根小小的曲线
让我们看到人生的本来面目
——无常迅速
科学家：
拿起显微镜观看
水里面何止十万八千个细菌

使用前一定要让它纯净

人类：
水就是水
可以滋养万物
可以洗澡和止渴

观　棋

车横冲直撞
小卒子没有退路
士为知己者死
炮架起激动的战鼓

环环相扣，相互配合
走出成功的脚步

将帅深居九宫
在西风落叶里回顾
一盘棋局——
留下龙争虎斗的冲突
一着不慎——
永远的遗憾留下问句

只有旁观者
不问棋中人的赢输

第八辑

菊花的声音：花有幽香，月有清光

隐　士

他的故事里，开着蔷薇和紫薇
他的生活里，喷发过梦想的岩浆

他放下可治天下的半部《论语》
他吟哦着悲痛入骨的《呻吟语》

此刻，万物如微风里的竹林
持续着明月闪烁的口音

你打开虚无的各个版本——
寻找着爱与仇恨离开后的身影

收拾竹杖和芒鞋，看着铜镜里
此前此后，岁月流淌着不回头的清溪

几声鸟鸣渐渐地绷紧——
你头顶的天空，触摸着黑夜的宁静

秋天，果实丰满了祝福的气氛——
深山的味道赞美着烂熟的人生

古琴上迸裂开高潮的余韵——
你摆动的衣袖上，沾染着菊花的欢心

意 象

飞鸟
心跳在血管里盛开
弹弓
是你嘴唇上的蜜糖

词语
是我掌心里的雪
鸣叫
几声便惊动天地

如 果

如果爱，就是恨
我将不再去爱
如果恨就是相思
我长成了仙人球上的刺

如果缠绵，是一场秋雨
下在我们走过的足迹里
一声声情话飘着落叶
忘川如此湍急，面孔溅起飞沫

从前流走得那么陌生——
你黄菊花凋谢后的颜色

隐　秘

他读过周易、千纸鹤和红楼梦
也读过《菊与刀》《海权论》和《心经》

他放下汽车、速度和激情
他沉迷明月、樱花和酒精

在小池塘前停泊人生的行程
站在竹林下数起萤火和疏星

天空和梦想是他的枕头
秘密的悲痛如入嘴的鱼钩

破裂的欢乐成了他的句子
生活有着日出的完美形式

永恒选择蔑视石刻的碑文
遗忘接受了灰尘和丰饶的邀请

寂静的朱门后拴着一条狼狗
时间的帝国里幸存了姹紫嫣红的邂逅

宝贝，真的对不起——
露珠的光亮很快在太阳下消失

空寂的道路如蜡烛化开的痕迹
你晨曦般的身体，流溢出玫瑰的迟疑

丝毫不记得，我们的日子——
曾经有过的光热，有过的奇妙感觉

阳光下

太阳抡起大扫把——
扫尽了雾霾和暗影

面对轮回的业镜
一切善恶无处遁形

看惯了山青柳绿
见多了成败荣辱

当心里空无一物
也就没了花月和孤独

惜分飞

眉眼皱成远山，淡烟一片
香梦飘着风船，孤枕霜天

时光在秋雨里萧索着鸣蝉
禅钟一声敲响红尘的辛酸

迷失在人生路上谁能靠岸
几千里江南憔悴明月杜鹃

传统与先锋

弗洛伊德喜欢把梦
切成一瓣瓣橙子
艾略特在四月的手术台上
给传统成功地动刀
尼采当众杀死了上帝
凡高的向日葵在田野里哀嚎
杜甫一辈子没写过海棠诗
可能他觉得，眼前的花
不是心中的花，不是心里的影子
惠能和尚不认得几个大字
可他播下了中国禅的种子
我乘船漂流在时光长河里
我在诗句上摆了两枚硬币
可能摆脱死亡的游戏？

矛盾与统一

光埋葬在黑暗里
黑暗埋葬在光里
浩瀚无垠宇宙中
它们构成统一体

当你用心祈祷光
光在你眼里升起
当你忽视身边黑
你已被黑暗侵蚀

无 端

躲在诗句里，如躲雨时望着窗外的人
有着潮湿而摇摇欲坠的眼神
漫游的灵魂，交响乐金属般闪耀的外壳
发生的一切，都是沉默而漩涡众多的江河

昨夜星辰还带着灰烬的余温
回忆的幻景，石榴花说出了热烈的声韵
一束光雕刻了我孤独的凝眸
苦菊味的酒杯，让我在锦瑟和鸟鸣里停顿

花鸟绝句

看花时，眼里飘荡着花香
赏月时，身上浸泡着月光

面对有花有月的世界
喜悦，发出美妙的竖琴声响

有一天，明白了人生无常
花有幽香，月有清光

菊花吟

没有蜜蜂献舞，没有蝴蝶围绕
我在秋天的怀抱里孤独
不赶春天的热闹，不走群芳的T型台
我用梦想支撑沉思的身躯

我喜欢穿上黄袍——
那是最中国的颜色
我喜欢原野和路边——
点缀那些行走匆匆的生活

开花的时间只有几公分长
在大地上传达特别的渴望
抵抗风霜投下的刀枪
我要完成一座金灿灿的天堂

阳光咬红了树上的柿子
西风推敲着落叶和飞雁的歌吟
禅钟拍着落日背后的诗句

我纸上的江山颤抖着悲悯

我有被孤傲和缓慢吸附的危险
更有古典和香云衰竭的苦楚

观樱花

在路边，盛开的樱花
摇晃着动人的春色
当枝头的喧闹归于沉寂
美的凋残也飘着欢悦

我的江山

我的江山
是天下人的笑颜
我的忧乐
是千万盏灯火

用信仰的纯钢打磨光阴
迟早会放射隐藏不住的光芒
我的一生在长歌与弦弓里粗犷
靠近内心的地方飞翔着太阳的辉煌

人不知我赋

一个人的书桌上摆放着整个江山
他当过农夫，种过田
读过几本书，哼着一曲《梁父吟》
梦想治理世道和人心
他经常以管仲乐毅自比
爱好以宁静洗心志
一觉睡到大天亮就是理想
历史的疼痛在热血里密布
搅动万丈红尘，却回不到故乡
白茫茫的天空经过归舟
谁在夜晚丈量漫天星斗
春花在开放，而我开始凋零
可惜天下虽大，只有一朵牡丹花
在搜集花间的露水和欢爱
抬望眼，大风吹过四方
一壶秋月，够我喝一生的时光

读书乐

书卷中英雄横起画戟
我的锦绣江山骏马奔驰
诗句里美人顾盼生辉
玉肤上闪烁着秋水的涟漪

时光中歌哭已成遗址
我的足迹会不会留下一行泪渍？
龙不能腾云，凤不能展翅
那是多么可悲的日子！

生活清纯如荒野上的月光
灵魂的潮汐拍打着干旱的身体
酒一杯麻三斤草鞋两双——
禅师说，走遍千山万水，不过是为了寻找自己

一生一时

弹奏华年的锦瑟
倾听美丽的伤心

春天的樱花明月
秋天的雁过叶落

打开一罐过期的幸福
畅饮逝去的完美

无论前世今生
我是一条音乐的河流

挣扎在渔网里的生活
每片鳞都在阳光下跳跃

青　春

时间
把青春的美剪断
一缕青丝
飘起记忆的寂寞
祈祷带着两只耳朵
离开我们居住的行星
灵魂在脱衣
寻找永恒的欢乐

心　情

被皱纹撕裂的脸
雷电闪耀

月光升起
我成了波光粼粼的湖
无风而动

惘　然

时间真的那么重要吗？——

还有很多人和事没看清楚
青草的秘密便爬满了坟墓

摊开活着的每一寸地图
爱与追忆在身体里鸣叫着鹧鸪

在盲女的眼眸里
什么颜色都是断弦上的薄暮

压力被钉子戳破了轮胎
人生多少喜乐化为尘埃

烦恼把人从宁静里推开
满地月光怀念着后来的后来
时间之箭射到哪，谁也不明白

一滴雨击中了落花的悲哀
无论咫尺还是千里之外
我的双手都能抚触到流年的伤害

只要心是时光和万物的主宰！

惭　愧

认准一条道路前行
我不如唐僧
灵活应对困难重重
我不如悟空

藏身深水里的蛟龙
何时用雷电让天地震动

武侠小说

太平日子能过几天？
一回眸便是百年
书生的诗句斗不过刀剑
万里江山不过英雄一拳
万树桃花盛开美人的眼
多少月光祈祷世间的平安
哪一朵浪花不是珠泪斑斑？
哪一寸山河不是血肉浇灌？
英雄崛起寒微前
受尽多少屈辱和心酸
窗外雨潺潺
你转身的一瞬间
笑傲江湖曲响起
飘落你的笑靥如梅花灿烂

星夜口占

谁不喜欢鲜花和掌声？
谁不想流传万世的美名？
可惜我们只是一粒粒微尘
在宇宙中，默默散发着光晕

苦闷赋

书已经不再重要
写下的文字也不再重要
爱过的恨过的也不再重要
你不作点怪，就没有人爱
你不发点疯，就没有成功
只要有点击量和关注度
只要有粉丝跟从
欧耶，我要做第一阵风
欧耶，我要让世界舞动
欧耶，我要在抖音上称雄
眼球里娱乐至上
手机中颜值争锋
诗人默默地活着
做五千年文明的搬运工

境　界

一颗颗恒星是撒落的米粒
一轮明月是一块小饼干
在孩子的眼中——
宇宙间一切皆可餐

交会时，眼里的光亮
闪电般撕开生命的黑暗
阳光的马蹄踢上额头——
微妙地刺戳入爱的瞬间

我的春夜有着樱花的灿烂与寂灭
我的诗句有着白银的光泽
我做过的梦薄如蝉翼
——我只是时光飞溅的泡沫

静坐时的天空，一只日本黑釉茶碗
回荡着伤口和晚祷的倾诉
我走过的路——小孩潦草的字迹
我脸上的皱纹，恍如岁月排版的错误

世 界

我观看，我知道
我知道，我痛苦
我痛苦，我承受
我承受，我磨平
我磨平，我圆满

在世偈

我独自行走在路上
我一脸的苦相笑相
天空常常被乌云屏蔽
很快又清净了琉璃
我住在哪里？——
白云间几声鸟啼

不可思议

春花和秋月不可思议
蚂蚁和恐龙不可思议
星辰和星辰的排列不可思议
白云和夜梦不可思议
上天的恩宠不可思议
我的一生不可思议

我的身体是一座
藏在深山里的寺院
鸟鸣和蔷薇是我的晚钟
敲响了盘旋着宁静的漩涡

低　语

我不是圣人，我还没做到
把人生饮出一杯白开水
我不是和尚，我的舌尖
滴着亮晶晶的细雨和谎言
我不是夏天，我的冰块
在阳光下坐立不安
我不是十字架，我的苦刑
是撞上大海澎湃的诗句
我不是孤独，我的血管
赞美着摩天大楼和高铁的延展
我不是沉默，我成捆的疯狂
裹挟梦想冲垮堤岸
最后，我不敢说自己是诗人
我的冥思可能雕刻在千秋万代
掀翻遗忘的在场的冰冷的时光

小句子

一

早行人

落叶的身影

露珠照亮了幽径

二

菩萨啊菩萨

汽车上的小挂件

慰藉了多少心灵的不安

三

人啊——

有挺立的城堡

有攀附的藤蔓

四

蝴蝶梦

用落花的残骸

埋葬了人生的无常

时间之妄

在一个世界里我已死去，在另一个世界里我还活着
梦境想把我的道路涂黑
身体铺开宿命的河床，埋在一把尘土里
我们和蟋蟀有什么两样？都是短暂的——
诗句是一把钥匙，让生命重新开始
来生与记忆打成一片，我会在哪里消失？

珍藏

莲子和美丽女子的香气
穿着一件淡淡的月光
值得这世间悉心珍藏

人的一生很快就过去了
蝉抱在树上的空壳和哀鸣
一夜间，被西风吹得干干净净

偶　题

鱼吞下饵，便丢了性命
鸟进了笼，就没了天空

大脑的结构形如宇宙
一个人的世界就是所有的世界

时间的箭能够随意弯曲
我的记忆安装了快进和删除键

诗人们留下一只只酒瓮
他们的身影飘过月光和松风

斜阳的脚步在晚钟上回荡
多少人的梦想结成了空网

第九辑

足迹：大自然的颂歌在风和树枝上回响

赭山

赭山的海拔实在太低
那么多人爬上山顶
也只能让它的高度增加一两米

来过的思想者站成了绝壁
苏轼王阳明黄仲则黄鲁直
他们的经历，如飞鸟无痕
慢慢拔高了后人的仰视

风　景

一只鸟
和另一只鸟
看起来没有什么区别

一座山
和另一座山
拦住了故乡的云

鸟在山上高悬翅膀
它们的飞翔
展示各自的光芒

就像我走在大街上
和其他人看起来没什么两样
却有不同的方向

生命的奇妙
在于每个人都不一样
却流淌成时光长河的合唱

大 路

后来者的脚步
慢慢擦亮前人的脚印
道路依旧向前延伸
路畔草青青

观梅花，在溧水傅家边

早晨的天空安静而潮湿
像我的诗，何物融化在里面？

灿烂的一朵朵金色阳光
站在枝头打量这个世界——
澄澈如禅僧的双眼

空闲，是泼到身上的浓硫酸
想象嗞嗞地叫着，春天的花冠
野兽狂奔般凶猛，开花的冲动

那些枯萎的梅花，生锈的铜
曾被雨水和流光铸熔
静默得沉重，如残破的古钟

脚下的碎玉，让人心乱
我也是一时会，在傅家边

语言，说不尽花的妙龄和凋残

人生亦如是，在路上的停留短暂而不安

广济寺黄昏

夕阳西下，万木丛中，广济寺
古塔千年依旧，身影仿佛我的前世
一阵风里走来清凉的菩萨
一只鸟鸣叫着透明的解脱

残阳飞舞，穿梭着虚幻的彩蝶
香烟袅袅着朝圣路，没有悲喜
参过多少古佛，爬过多少台阶
一滴钟声落下甘露，让我瞬间交集苦乐

粉嫩嫩肉嘟嘟的莲花，不过是一具躯壳
许愿池水，任微风抓皱绿衣
散开的波纹，老僧随口的一偈？

我只是万丈红尘中的一个过客
苍山如海，万籁生灭
夜深了，寺院关门，不接明月

| 春到江南路

风吹着风和原野
风把我吹得沉醉而柔软
这里的花朵让我温暖

春雨的细笔
画着江南锦绣的形状

细雨里飘出
古诗词在宣纸上的清香

我边走边哨着
细雨落下的寂寞

我想对你说话
但我不知道怎么开口

蔷薇和春风已入梦
甜蜜的相遇

和细雨一起来临

诗人是花、月和梦的朋友
用方块字敲门
在雨声蛙声的夜深

在九华

在九华，我身如红莲花
心如青莲子

早晨，已发芽的阳光
在山坡上长势正旺

那么多寺院打开了沉重的大门
身上披不披袈裟，其实并不重要
关键是我们的心啊，能否断除烦恼
能否在困苦和折磨里找到依靠

我常常俯瞰大地山河
他们是慈悲的菩萨
一只蚂蚁，一缕炊烟
都是流淌在他们心上的情歌

食物链没有什么低端高端
棒子打老虎老虎吃鸡鸡啄虫

如果我们让爱的能量持续发光
生命的蜜蜂，会久远俯身喜悦中

死亡对世间的生命一视同仁
我们的血肉迟早归于尘土
这一世的一切因缘迟早会结束
在祈祷和满月的光辉里心满意足

山峰的乳房，在微微颤抖
山间的清泉，诵读着安心的《大悲咒》

在九华，还是在一场梦里？——
梦醒的时刻，是莲花灼灼燃烧的荷池

登振风塔

沿着狭窄的螺旋式石阶
我慢慢爬了上去
很多人也这样爬了上去
看到了被楼群和树木屏蔽的风景

不是我有多高
是塔的高度
成就了我
站在可以俯视一切的地方

当我们离开了
古塔还在那里矗立着
看着不断翻过的新面孔

浮山行

浮山张开它斑驳的贝壳
向世界露出它光亮的珍珠
树叶筛着阳光洒落的金屑
鸟鸣让山的身体闪着打蜡后的光泽

每个人的心里都有一座寺庙
任里面寂寞和烦恼长满青草
山僧抓一碟闲话来烹茶
一杯幽静里多少世事放下

春水在我眼眶里涌出
山岩上的花朵独自开落着一个个隐喻
弯弯山路泻下溪流和新绿
我们的脚步喝着沉醉的朝暮

飞鸟的卷意停在空空的巢上
它的翅膀，是回荡在树枝间的风
或许，奔走在山峦间的晚钟

可以踩到我灵魂的松鼠尾巴
山水间的逍遥，摇着清凉的身影
告诉我此刻，与曾经的拥有多么不同

春光里

清晨，蜜蜂跑来点赞
蔷薇羞红了脸

一架红绿，用熟悉的语言
唱起春天的沉醉与眷恋

黄鹂站在树上
如站在摊开的五线谱上

新鲜的啼声，还带着露珠
供倾听的耳朵采摘

一条条春光，白亮亮的溪流
冲撞着灵魂朝拜的辽远

生命的经过已成积雪
我正在醒来的奇迹里融化

丫山行

一朵朵凝固的火焰
轻轻舔着丫山低垂的天空
亿万年前时光卷曲着
当年大海痉挛的胃痛

屏风展开飞鸟灵巧的翅膀
鸟鸣如山果滚落在草丛里
一只鸟啄开我内心的欢喜
脚步在旋转中醉酒般跌撞

浪花梳理过的沟沟壑壑
让时光展现新颖的发型
正在奔涌的瀑布，或沧桑的眼泪
颤栗于秋天，让枯草显得更深

杉树撑开稀疏的天空
松鼠毛上闪耀着光滑的阳光
聚集着寂静与骨头的山林
大自然的颂歌在风和树枝上回响

古扬州

坐车乘船来扬州
读诗做梦来扬州

春风的扬州，明月的扬州
豆蔻的扬州，美人的扬州
流泪的扬州，刀剑的扬州
诗人的扬州，不能忘记的扬州

李白的诗在上头
鲍照的赋在上头
姜夔的词在上头
文天祥的文在上头
史可法的血在上头

一个时代
在我脸上犁出一条沟

离开扬州

我衣袖上的风
带着芍药的香味
飘过无数春秋

在雪中

大雪掩盖不了春光
梅花的娇羞在回荡

几只飞鸟掠过
天空灰灰的玻璃外壳

青草扒下身上的寒冷
破开大地无边的寂静

雪化了，就是春水
流淌在花影和鸟鸣里

换季了，青山的小箱子
——春风做衣裳

清明上河图

繁华的红尘已懒得舞蹈
汴河流淌的故事到此为止
那些疯长的草木，在断井残垣边
诉说着历史的哀痛和随意性
清风调节着夜梦的温度
明月调节着月下人的情绪
苟活的岁月收割了残阳几度哽咽几度
没有什么是长久存在的
美好的如彩云，坚固的如高楼
在美人的凝眸里留下几行泪珠
太平久矣，危机携带着致命病毒
一沾染上江山的锦绣，便开始溃烂

冬至冬未至，立春春又回
这无情的人间，千百年
只是换上穿着不同衣服的演员
在舞台上唱起生离死别、爱恨情仇的戏码
看客在命运的起起落落里悲凉转身

古老的纸张上，人间的色调
弥漫开来，站在高楼上看星星
红灯笼亮起一个个绣球，谁选择了你
一个书生和词语的盟誓
走在烟火和屋檐里飘出的笑语之间
时光在无声里和遗忘拔河
我坐在超速旋转的宇宙里，冷冷看着
灵魂的旅行者，寻找一瞬间的自我

秋浦歌

站在静静流淌的秋浦河前
李白的诗句是里面最澄澈的漪涟
春花和笑脸摇曳着醉美四月天
光阴的熔炉已淬火铸剑千年

三千丈白发瀑布在奔流
数百根傲骨撑起了星斗
悠悠岁月只是面前一壶酒
喝了只有愁，不喝更是愁

李白，就是我的一个老朋友
陪着我写诗、喝酒，在锦绣山河行走
画船、白鹭、明月，一个美好而无常的宇宙
只有我们唱和的身影不会衰朽

流水的底片在怀旧里恍惚
似乎李白从未离开过
颤栗的曲调融化了我的眼眸
灵魂的飞鸟，摆渡着诗和梦想的重荷

秋浦怀李白

秋浦河的春天浓于酒
不如李白踏歌气冲牛斗
石台的青山舒秀眉
不如李白的诗一首

当我来的时候
身体里荡起了一叶扁舟
当我走的时候
山花的香气沾满了衣袖

山是我的笔，水是我的墨
泼溅出锦绣山河的风流
灵魂的相遇，让我达到高潮
生命的欢喜，长出香气袭人的花草

再登振风塔

一座古塔响亮的名声
让众多游人趋之若鹜
我也未能免俗
再次在台阶上加入了脚步

每一层有每一层的景物
有人找不到上爬的路
有人害怕高层眩晕的恐惧
不敢让身影与高层接触

长江不带悲喜地流淌
禅钟嗡嗡地在心上回荡
你站到高处
脚下便熙攘着渺小的众生相

我攀登的路上
一只太阳加持了多少阳光
我埋头攀登的时候

享受到一段分外灿烂的时光

再回首身后的塔影
多少孤独和激情在此诞生

芜湖鲁港古战场感怀

大地的伤痛
正在缓慢修复和自愈
我已看不到
当年的旌旗和跃起的战马

大片拔地而起的建筑
勾勒出太平时节的新面目

历史在这里画了个句号
王朝的沉船，打捞不起
勇立潮头的精神

安睡在水下深渊的宿命
有种美人卸妆后的残忍
北风邀约了被遗忘的黄昏
搅拌起铁锈和文明的复杂性
暴躁的雄狮饱食后踱进安静

乌鸦是黑暗的信徒
到处传播福音的孤独
铜鼓和厮杀的澎湃声音
被夕阳的利爪猛地抓住

一个民族的悲歌，化为江水
每一朵浪花，都是泪痕和血痕

（注：芜湖鲁港为南宋兵败蒙元古战场，文天祥在此留有“千古燕山恨，西风卷怒潮”之句。）

第十辑

我和我的祖国：地图上的号角，吹响千年的沉寂

顿悟

—

晚祷

—

灵魂之爱

—

风月绝句

—

俳句

—

……

| 顿 悟

瞎子在灯下坐了一夜
像一句无人问津的唐诗

一切有生有灭——
露珠唱起一首打湿命运的歌

还记得那些花的名字吗?
一朵,两朵……盛开在小溪边!

——明年春天见!

晚　祷

是突然和神相遇？
还是生活在一地鸡毛中间

在赭山，我看过残阳和明月
接受过一枚落叶的凉吻
也期待着梅花的暗香

心如古井，那会有什么乐趣呢？
爱如潮水，会冲垮谁的堤坝？

来吧，我的女神
我要化为泥土，让你的小脚践踏
尽管我的身体有着西风的酸痛
谎言爬满了常青藤
但大地的沉默依旧开花

下雪了，你的香肌胜雪
天晴了，想你的心更晴

没有爱，人就不是人——

是一只在垃圾堆里争抢骨头的野狗

灵魂之爱

一生不可辜负美酒
月色和佳人
灵魂的山山水水
需要倾听美好的竖琴

捧在手上的瓷碗碎了
猛然传来寂静的钟声

风月绝句

我欠了春风几句诗
也欠了秋月几句词
当那些日子的风月没了
我心里还有竹叶轻摇

几朵花

一

鹤的故乡

是没有樊笼的心

二

人生呵

摇摇欲坠的

流星！

三

空巢——

一声禅钟

叩响的寂寥

四

落花纷纷

哪一朵

是我最美的颜色？

短　章

一

春花呀春花

你一声浅笑

我的心都醉了

二

小蝉煲着电话

她和绿叶的亲热

是最美的长夏

三

故乡啊——

是母亲在我裤腿上

打的一块补丁

四

新月的嘴唇

在秋夜里

寻找我鬓上的霜

小湖边

湖水逗着垂柳的倒影
游鱼嚼着棉花糖般的白云
飞鸟不时撕开天空的寂静

那天早晨我发现，你披着纱巾
等待谁来抚慰你默然而澄澈的灵魂

静下来

静下来，一枝梅花
悄悄站在窗前

静下来，一炉香烟
袅袅着锦瑟心弦

静下来，白雪深了
人间的灯火也深了

静下来，你眼里飘着细雨
我的脚步走出惆怅的章句

静下来，一瞬百年
火花熄灭又闪现

静下来，这大千世界
是心上的一点尘埃

爱与恨

我爱的
伤我最深
像乱扔垃圾的游人
毁了一湖的寂静

我恨的
像顽固性湿疹
缠着我的脖颈

碎　珠

一

美人呵

芙蓉出水后

枯荷成

二

历史呢

铜镜再耀眼

无人照

三

故乡月

抬头看天空

天天见

四

烟雨中

沉思的面孔

响起晚钟

五

春天呦

唇上的口红

我还没吃够

六

夕阳依山

就像你的脸

靠紧我的肩膀

枕 上

我常常在
河流的漩涡里醒来

我抓不住
飘在天空里的蓝帆

此刻，月亮坐在窗户上呐喊
提醒我，这是在世间

我停留的床上
只是一个又一个夜晚

浓缩着月色和梦幻
夜晚之美无言

我暂时的睡眠
覆盖住身体的一场大雪
隐藏了灵魂的千径万山

一条飞鸟的曲线
钓起了
轮回的疯狂和断电

恐　惧

一只蚂蚁在我脚下
惊慌地逃窜
它无法主宰险境

我站在高楼上
仰望遥不可及的星空
在宇宙的缩影里迷路

假设往事的图纸
在构筑内心的庞大工程
潜意识的美学价值
会在哪里找到梦幻的光荣?

地球只是银河系
一滴小小的水珠
看不见的草叶在摇晃
踪迹随时消失

子夜歌

每一个词语里
都装满了美丽的毒素
刺破我黄色的皮肤

血脉里的叫喊
散发着香草的余韵
感伤在铜镜里诞生

沉默的温柔

听够了谎言与虚愿
我对生活依旧视若初见

这个世界只留下一小块饼干
珍惜吧，童话散发出香甜

太阳是被天空摆弄的玩具
不时拿出来逗逗风雨

我的体内烙满了月光
还有蔷薇和美好的事物

当然，也有一些黑暗
如风吹竹影洒下的光斑

淤伤蜷缩在眼睛后面——
一根长发银亮亮的针尖

鸟　鸣

天空下
摆满了
千万个
算盘
算珠
拨动着
想计算
春天
体内的
火焰与激情
木叶
摇摆着
松鼠的
尾巴

时日偶感

去年一十七
没几年就七十一
浑浑噩噩过了一辈子
这是多么可怕的事

寂寞绝句

爱在追忆和惘然之间
寂寞在酒杯和笑语之间
诗歌在懂与不懂之间
生命在红尘和明月之间

生命绝句

诗歌是自由的飞鸟
害怕暗中瞄准的猎枪
生命是脆弱的瓷器
孤独稍稍挤压便产生裂伤

江南苦雨赋

时光喜欢踩油门飞奔
而生活里有太多的红灯
我的目光在窗前停顿
雨的字迹飘着沧桑的伤痕
稀稀疏疏的雨，在喊杏花的魂
杏花衣单薄，牙齿在打颤
你的身影被灯火剪短
夜色把窗户加工成明信片
江南的冷雨，style很酷
在天地的舞台上款款走着模特步
脸上的泪珠，翻译成唯美的词句
花慢慢落下来，摧毁一个春天
是多么容易，湿漉漉的花心
用余香为失去的感觉作证
我的诗歌里有着暖色系的花粉
爱与美的摇曳依靠词语完成

活　着

活着就是历史
我已经打碎了太多的镜子
当下，一群蚂蚁紧张地搬家
天空里乌云正在聚集
很多身影走着走着变成了文字
很多伤口痛着痛着长出了新枝
时光踏着满地的尸骨
人生易老，月不长圆
在铁屋里，诗歌打起了鼾
人到中年忧患深
历史结实的胸肌开始松弛
我的江山只剩下蝴蝶和酒杯
还有一盆菊花，摆在窗台上
抱出从容绽放的旗帜

小夜曲

水面上的铜镜
打开白炽光的锋刃
让黑夜的脸庞觉得寒冷

一阵风掀开蔷薇的衣裙
阅读开花的声音
心里闪耀着一夜的疏星

身体的橙子渐渐地饱满
所有的一切都有点甜

爱之绝句

你坐在妆台独照镜
明镜里出现你的身影

我在深夜观照自己的心
四处飞溅开花的声音

寻　觅

或许一杯茶、几片飞花
就可以治愈寂寞

窗外，南风卷起了一帘蔷薇
风吹得越来越轻松
不觉间就来到了夏天
诗人的身体里住着一个神仙

他是花、月和梦的朋友
经常在漂亮的诗句里交流
“世间的万物
我们只是暂时拥有……”

不知长夜深浅
跃入梦的裂纹
往事闪烁几颗星辰
一团沉默的身影被虫声吹破

鬼子的记忆

鬼子进村的时候
王小二没有跑走
他对人说，哪朝皇帝
不要老实听话的良民呢？

残阳如血泼溅在村里
王小二圆睁着大眼倒在家门口
他到死也不明白
为何他的贱命不如一只鸡一条狗

安静的大地上
寒风在疯狂地嘶吼
展开残破的锦绣山河图
诗人的白发如瀑布奔流

人生的寂寞

人慢慢在变老
慢慢在认同那些
逃不掉的法则

生老病死
轮回着人生的四季
多少孤独填满了离别
多少梦想求不得

心中的火焰
慢慢在灰烬里盛开
无尽的沙漠
无法被绿风覆盖

天空像一个洞穴
我被藏着里面
修复着灿烂的星光

行路难

离去常常是最后的抵达

月光奔泻而下
鸟鸣如柔软的羽毛
让我在抚触里沉陷

我的身影留在赭山
这世间有美好的记忆
闪耀如传家的红宝石
你的青春还好吗？——
那些酒精里的柔情和错误
那些书信里的火焰和密码

盘旋在眼眸的细雨里
心事紧闭着蒙霜的玻璃窗
星星和星星的倾听越来越远

仿佛天空被我的怀抱遗弃

老 人

你总是记不住
那些日子的阴影和烦恼

泪水和风的痕迹
成为脸上的喀斯特地貌

记忆撕掉几张封条——
青春的歌曲如一场雪在飘

眼睛陷在老照片里
哀悼拉开心形的长弓

老朋友在岁月的长河里溺亡
笑容如落花，已不再作响

面包上涂抹着天堂的蜜蜂
昨夜的星辰敲着夜半的钟

幸福在兔子头上长出了角

在梦里，悄悄跑过长满刺的灌木丛

人生传奇

遇上什么都随缘
人生如上电影院

当我抚摸月亮的脸
幸福是琥珀色的夜晚

啃一口早晨的苹果
发黄的情书流出甜蜜的汁液

时光也有地窖的阴暗
诅咒在命运里起伏

我在弯曲的小径上赶路
青铜的面孔上雕刻过寒风和冷雨

走过的故事像乌合之众
在岁月的冲杀下溃不成军

我手上的几根断弦——

曲线的和声里乱石在翻滚

落　叶

你走这条路，我走另一条
上面飘着落叶的絮语
无论在枝头多么葳蕤
最终的命运都交给泥土

死者的灵魂开始变得黯淡
他们的面容烙下西风的鞭痕——
还有那些冷雨踩踏过的旧伤
不复往日春风里荡漾的娇嫩

停泊过阳光和蝴蝶的欢歌
黄鹂和杜鹃吟诵过三月的音步
一寸寸华年堆积着哀怨——
梦里的幸福成了一块块破花布

我们的脸淌成了流水——
果子摇晃着甜蜜的甘露
饥饿的光线啃食树的脊骨

哦，时光的奇迹安排了幽会

躺在泥土里，就是我们在一起——
就是轮回的惘然，就是心满意足

颜色内外

清晨，微微的熏风
拨动了花朵的小心思

谁能保存已磨损的月光？
我剪下一支梦的芳香——

灰色代表我脸上的失望
红色代表我放手后的伤
蓝色代表我心上的飞翔

我身上沾染了各种颜色
像天气或命运一样无常

一个人有什么呢？失踪的鸿影
——曾经在秋天的红叶上
覆满无声而意味深长的白霜